KB104744

늑대와 향신료 VII

Side Colors

하세쿠라 이스나 지음
아야쿠라 쥬우 일러스트
박소영 옮김

역광 속에 누군가가 분명히 서 있었다.
소년은 그것이 신의 목소리인 줄 알았다.

소년과 소녀와 하얀 꽃

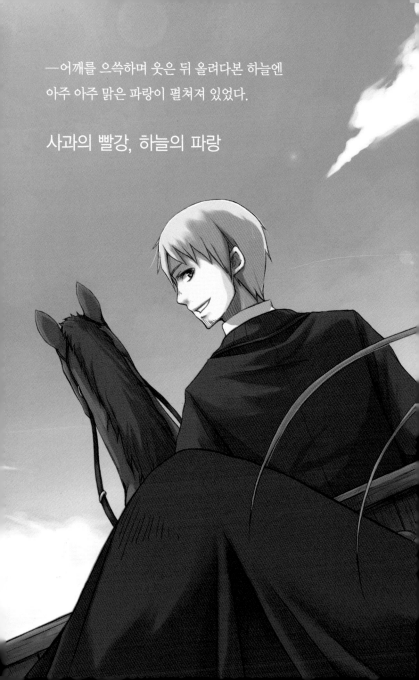

—어깨를 으쓱하며 웃은 뒤 올려다본 하늘엔
아주 아주 맑은 파랑이 펼쳐져 있었다.

사과의 빨강, 하늘의 파랑

"내가 힘이 너무
남아돈다는 뜻이야?"

늑대와 호박빛 우울

"차가운 사과는
사람을 우울하게 하니까."

CONTENTS

늑대와 향신료 Ⅶ

Side Colors

학산문화사

소년과 소녀와 하얀 꽃

약간 높은 언덕을 넘어서자 크라스는 길가에 진을 치고 있는 평평한 바위 위에 앉았다.

주위에 시선을 가릴 만한 것도, 크고 높다란 언덕도 없는 덕에 상당히 멀리까지 내다보인다.

가도 가노 비슷한 풍경이 펼쳐질 뿐, 바다로 이어지는 길이라고 들었건만 강물조차 보일 기미가 없다.

세상에 태어나 올해로 열 살 남짓한 크라스는 바다가 어떤 것인지 당최 상상이 되지 않았다.

그러나 전해들은 바로는 길을 걷다가 못 보고 지나칠 만한 것은 아닌 모양이니, 아직도 한참 멀었다는 얘기이리라. 지팡이 대신 삼은 굵은 나뭇가지를 옆에 내려놓고, 물이 든 가죽자루를 손에 쥐었다. 가죽 맛이 밴 맛없는 물로 입술만 조금 축인 뒤 산들바람에 갈색 머리카락을 살랑이며 뒤를 돌아보았다.

자신들이 쫓겨난 저택은 이미 까마득히 보이지 않게 됐다. 섭섭하다기보다는 어디 두고 보자, 하는 기분이 약간 든다.

뭘 두고 보자는 것인지는 잘 모르겠으나, 일단 찾던 것은 시야에 들어왔다.

겨울이 물러나 바싹 메말라 있던 찬바람이 가시고 풀냄새가 나는 부드러운 공기로 가득한 봄날의 햇살 밑. 이름도 모르겠고 진귀할 것도 없는 꽃 앞에 쭈그리고 앉아, 질리는 기색도 없이 파고들듯 빤히 들여다보고 있는 그 모습은 마치 꽃을 먹고 있는 양처럼 보이기도 한다.

머리가 푹 싸이는 후드에 지면에 닿을 만큼 기다란 소매의 흰 로브.

가까이 다가가서 보면 꽤 때가 탄 것을 알 수 있어도, 이만큼 거리를 두고 보면 양처럼 보이지 않을 것도 없다.

이름은 아리에스.

자신의 나이는 모른다고 말했지만, 분하게도 크라스보다 약간 키가 컸다.

그래서 크라스는 자신보다 두 살 많은 것으로 쳐 두기로 했다.

"아리에스!"

크라스가 이름을 부르자 그제야 아리에스가 얼굴을 든다.

"저 시때까지 언덕 네 개를 넘기로 약속했잖아!"

아리에스가 대체 무슨 생각을 하는지는 여태 잘 모르겠으나, 몇 가지 사실은 파악했다.

그 중 하나는 뭔가를 부탁해도 절대 해주지 않지만 '우리, 이렇게 하자.' 하고 약속을 하면 그 약속은 반드시 지킨다는 것.

그것을 깨닫기 전까지 조금만 걸으면 금세 멈춰서는 아리에스를 몇 번이나 두고 갈까 했었는지.

느릿느릿 일어나 아쉬운 듯이 몇 번이고 꽃을 돌아보면서 언덕을 올라온 아리에스에게 크라스는 한숨 섞인 말투로 말했다.

"그렇게 신기해?"

바위 위에 앉아 있는 탓에 아리에스를 올려다보는 꼴이 된다.

눈 있는 데까지 후드를 깊숙이 덮어쓰고 있어서, 가까이에서 들여다보든지 밑에서 올려다보든지 하지 않으면 얼굴이 잘 보이지 않는다.

그러는 바람에, 저 후드 밑에 있는 깃이 표정 변화가 별로 없긴 해도 굉장히 예쁘장한 얼굴이라는 것을 알게 된 것은 여행을 시작한 지 조금 지난 뒤였다.

"저건… 꽃이지요?"

그런 아리에스가 중요한 사항을 확인하듯이 물었다.

"꽃이야. 어제도 그제도 봤잖아?"

맑고 푸른 눈은 언덕 밑에 나 있는 흰 꽃에 향해져 있다.

또다시 산들바람이 불자, 후드 밑으로 약간 흘러나와 있는 아름다운 금발이 흔들렸다.

"하지만… 이상해요."

"뭐가?"

아리에스는 그제야 처음으로 크라스를 돌아보더니 고개를 갸웃거리며 대답했다.

"저 꽃 밑에는 꽃병이 없었어요. 왜 마르지 않는 건가요?"

크라스는 그 질문에 눈살도 찌푸리지 않은 채, 아리에스의 얼굴에서 그 밑쪽으로 시선을 내렸다.

"어휴, 참—. 물이 없으니까 더럽히지 말랬잖아?"

로브 소매에 감춰진 아리에스의 손을 잡아들자 손끝이 흙투성이다.

손톱 밑에도 흙이 들어가 고운 손이 엉망이었다.

크라스가 허리춤에 차고 있던 수건으로 닦아 주려 하자, 아리에스는 손을 쭉 빼더니 날카로운 시선으로 크라스를 내려다보았다.

"더러움은 마음에만 생기는 것이라 들었습니다. 거짓말을 하는 것은 옳지 않아요."

그리고는 그렇게 말한다.

크라스는 잠시 무슨 말을 하려다가 그만두었다.

"그러네. 내가 잘못했어."

아리에스는 눈 끝으로만 살짝 웃는 모양을 짓더니 만족스레 고개를 끄덕였다.

결국 언덕 네 개는 넘지 못했고, 약속은 깨졌다.

하지만 약속을 깬 데 대한 설교는 엉뚱하게도 아리에스에게서 들으며 점심을 먹었다.

아침을 먹는 것을 아리에스가 완강히 반대하기 때문에 점심은 많이 먹어야 한다.

그래 봐야 크라스가 어깨에 메고 있는 삼베자루 속에 들어 있는 것이라고는, 말이나 먹을 듯한 귀리가루를 얼굴이 가려질 만큼 큼지막하게 구운 딱딱하고도 딱딱한 빵 일곱 덩이와 볶은 콩. 그리고 한줌의 소금과 가죽자루 한가득한 물.

저택에서 쫓겨날 때 받은 것이라곤 이게 전부다. 생각 없이 먹어댔다가는 순식간에 사라질 양이라는 것은 이내 알았다.

매번 정해진 양의 빵과 콩을 꺼낸 뒤에는 자루의 주둥이를 단단히 동여맨다.

다행히 아리에스는 깜짝 놀랄 만큼 밥을 잘 먹지 않았다. 오늘도 볶은 콩 열 알과 귀리빵을 여덟 개로 자른 것 중의 한 조각뿐. 이에 찌걱찌걱 들러붙어 기분 나쁜 딱딱한 귀리빵을 야금야금 씹어 먹고, 식사를 시작하기 전과 마친 뒤에는 기도를 드린다.

아리에스는 신께 감사를 드리는 것이라고 한다.

크라스의 생각에는, 그대로 뒀으면 먹을 것 하나 없이 길을 떠나야 할 뻔했던 아리에스에게 귀중한 음식을 나눠 주는 것은 자신이니, 신이 아니라 자신에게 감사해야 하는 게 아닌가 싶다. 그러나 아리에스는 "원래 이 음식은 신께서 주신 것이니까요."라고 한다.

왠지 교활하다 싶긴 하면서도 대꾸할 말이 없어 가만있기로 했다.

아리에스는 여러 가지 알 수 없는 이야기를 크라스에게 했으나, 아리에스의 머리가 좋냐 하면 거기엔 고개가 갸웃거려진다.

여하튼 무엇보다, 아리에스는 믿어지지 않을 만큼 아무것도 아는 게 없었다.

"어…."

하며 아리에스가 고개를 들기에 뭔가 싶어 쳐다보니 갈색 새가 하늘을 날고 있었다.

저걸 잡아서 털을 뽑은 뒤 구워 먹으면 맛있겠지, 하는 생각을 하다가 문득 아리에스가 새를 맨 처음 봤던 때 한 말이 떠올라 잠시 귀리빵의 끔찍한 맛을 잊었다. 뜬금없다는 말은 바로 이런 때를 두고 하는 말이로구나 하고 감탄하고 말 정도였다.

그런 생각을 하다 현실로 돌아온 것은, 할 말이 굴뚝같은 아리에스의 시선을 알아챘기 때문이다.

"저건, 새죠?"

"맞아. 거미도 아니고, 도마뱀도 아니야."

"날고 있는… 거죠?"

"그래."

꽉 깨문 탓에 이에 들러붙은 귀리빵을 손으로 떼면서, 아주 꿩

장한 비밀이라도 들은 것처럼 감탄한 얼굴로 하늘을 나는 새를 바라보고 있는 아리에스를, 이상하긴 해도 예쁘다고 생각했다.

아리에스는 처음으로 새를 보았을 때, 거미가 천장을 기어 다니고 있다고 했던 것이다.

크라스는 한동안 무슨 말을 하는지 이해가 가지 않았다. 이야기를 가만 듣다 보니 아리에스가 하늘은 저 높이 있는 천장, 새는 그 천장을 기어 다니는 거미로 생각한다는 것을 알았다.

크라스는 놀라면서도 사람을 무시하는 것은 남자로서 한심한 일이다 싶어, 하늘이라는 것은 믿어지지 않을 만큼 훨씬 훨씬 더 높은 나무가 떠받들고 있고, 새는 그 아래를 날아다니고 있는 것이라고 가르쳐 주었다.

한동안 반신반의하던 아리에스는 지면에서 날아오르는 새를 보자 그제야 납득했다.

매사가 그런 식이다.

땅에 난 꽃을 보며 꽃병이 없는데 어떻게 말라 죽지 않느냐고 하는 건 그나마 나은 편이다.

아리에스는 크라스가 잔심부름꾼으로 일하던 저택의 옆에 서 있는 높다란 석벽으로 둘러싸인 건물에서 살았던 모양이다.

최대한 옛날 일을 되짚어 보아도 그 건물 밖으로 나온 적은 없었고, 책을 읽는 것이 얼마 안 되는 슬거움이있다고 한다.

크라스도 그 건물에 종종 드나든 사람들에 대해서는 알고 있다.

이런 저런 소문을 종합해 보면 저택에 사는 영주님이 남쪽나라의 사람에게 속아서 시은 긴물이라는데, 출입하는 이들도 다들 남쪽에서 온 사람들이라고 했다.

이따금씩 석벽 너머에서 들려오는 노래도 전혀 이해가 되지 않았다. 그저 남쪽나라의 노래이겠거니 했다.

하지만 정작 그런 건물을 세운 영주님은 자신의 영지에 있는 것을 별로 좋아하지 않아 1년 내내 여기저기를 방랑하는 분이었고, 자세한 것은 집사들도 모르는 게 아닌가 하는 것이 고용인들의 통일된 견해였다.

그런 식이었으므로, 이따금씩 들려온 노래가 신을 찬송하는 특별한 노래였다는 것은 아리에스에게 듣고서야 알았다.

그리고 그 노래는 세 번쯤 가까이에서 들었다.

"이제 그만 갈까?"

마지막 콩을 입 안에 던져 넣은 후 크라스는 말했다.

어느 날 갑자기 낯선 사람들이 우르르 몰려왔다. 그들은 많은 짐을 지고 많은 가축을 데리고 왔다. 저택 사람들이 무슨 일인가 싶어 바라보고 있는데, 가장 배가 뚱뚱하고 차림새가 나은 아저씨 하나가 자신은 영주님의 동생이라고 말한 뒤 가장 큰 목소리로 이렇게 명령했다.

지금 이 순간부터 너희들은 더 이상 이곳에서 살 수 없다. 그러니 즉시 짐을 챙겨 나가라.

저택의 주인인 영주님은 여행을 하다가 돌아가셨다면서 대신 그 동생이라는 사람이 저택에 살게 되었는데, 무엇이 마음에 안 들었는지 석조 건물 안에 사는 사람들을 포함한 고용인 모두를 그야말로 개 쫓듯 내쫓았다.

대성통곡하는 사람, 망연자실해 하는 사람, 농담이겠거니 하며 평소대로 일을 하려는 사람, 그 동생인지 뭔지에게 매달리는 사람도 있었으나, 그 와중에 아리에스만이 휘적휘적 걸어 나갔다.

한참 지나 닭에게 모이를 주듯이 물이니 빵이니를 나눠 주기 시작한 새로운 주인에게서 2인분의 식량을 받아든 뒤 크라스는 달렸다.

바다로 이어진다는 그 길을 뭔가에 이끌린 듯이 휘적휘적 걸어 나간 이상한 소녀를 쫓아가기 위해.

"날이 저물 때까지 언덕 여섯 개를 넘을까? 이대로 가다간 언제 바다에 도착할지 알 수 없어."

"그건 약속인가요?"

"흥, 약속."

아마도 또 아리에스 탓에 언덕 여섯 개는 못 넘게 되겠지만, 그 약속을 깬 것은 크라스이고 잘못도 크라스가 한 것이 되리라.

그래도 멈춰 선 아리에스를 움직이게 하려면 이렇게 약속하는 수밖에 없다.

또한, 약속이 지켜지지 못했을 때, 약간 화가 나기도 하고 어이가 없기도 한 듯이 설교를 늘어놓는 아리에스의 얼굴을 보는 것도─ 솔직히 싫지는 않았다.

저택에서 나으리님을 뜯고 내를 믿아가며 무거운 물이나 짚단을 매일같이 날라야 했던 것에 비해서는 아리에스와의 이 여행은 매우 느긋해서 즐거웠다.

하지만 터무니없이 긴장하는 때도 있다. 특히 밤에는.

"밤은 결코 무서워할 것이 아닙니다. 낮에는 태양이, 밤에는 달이 있듯이, 늘 신께서 우리를 지켜 주고 계시니까요."

"…으, 으응."

쉰 것 같은 목소리로 대답을 하면서도, 묘하게 냉정한 머리 한 구석으로는 지금 자신들을 내려다보고 있는 것은 수많은 별들과 약간 기운 달님뿐이라는 생각을 했다.

지금 두 사람이 누워 있는 곳은 마지막으로 도착한 언덕 위.

주위에는 아무것도, 아무도 없다는 것을 알면서도 약간 창피했다.

"신께서는 또한 말씀하셨습니다. 사람은 혼자 있으면 굶주림과 외로움에 휩쓸리고, 추위에 떨게 된다. 하지만 둘이 있으면 적어도 외로움은 치유되고 추위도 완화된다고요."

"…응."

"아직 춥습니까?"

하마터면 그렇다고 대답할 뻔했다가 크라스는 고개를 절레절레 흔들었다.

하지만 아리에스는 그것을 믿어 주지 않은 모양이다.

크라스의 등에 감은 양팔에 조금 힘을 넣더니 꼭 껴안았다.

"굶주림을 견디는 것은 좋은 시련입니다. 그러나 굳이 추위까지 견딜 것을 신께서는 바라지 않으십니다."

이 말을 듣는 것은 벌써 네 번째이건만 여전히 긴장으로 몸이 떨린다.

처음에는 긴장해서 잠을 이룰 수가 없었다. 특히 아리에스가 이렇게 예쁘다는 것을 알게 된 후로는 더더욱.

넉넉한 로브를 벗어 모포 대신 몸에 덮고, 아리에스는 크라스를

꼭 끌어안고 있다.

봄이라 해도 밤이 되면 아직 춥다.

그러나 지붕이 달렸다 뿐이지 거의 매일 밤 한뎃잠을 잔 것이나 다름없는 생활을 해 온 크라스에게는 별로 고생될 것도 없었으나, 노숙을 신께서 주신 시련이라 여기는 아리에스는 가능한 추위를 덜어 주려 애썼다.

요컨대 몸을 따스하게 하기 위해 체온을 이용하는 것이다.

둘째 날 밤은 전날 제대로 자지 못한 탓에 이내 잠이 들었고, 셋째 날은 긴장 끝에 간신히 잠을 이뤘다.

넷째 날쯤 되니 꽤 익숙해지긴 했으나, 아리에스의 몸에서 묘하게 달콤한 냄새가 나서 숨을 쉴 때마다 머리가 뜨거워진다. 꿀을 발라 구운 빵과는 또 다른, 푸근하고도 달콤한 향기.

하지만 크라스는 이런 상황에 약간의 죄책감이 느껴진다.

한 가지 아리에스에게 말하지 않은 것이 있기 때문이다.

"엣취."

머리 위에서 그런 재채기 소리가 들려왔다.

남 걱정을 하면서 자기가 더 추운 것이다.

아리에스는 몸을 움찔 했다.

"…이런 말을 하면 신께서 노하실지 모르지만."

얼굴은 보이지 않으나 살짝 웃는 것이 느껴졌다.

"혼자서는 견딜 수 없었을지도 몰라요. 크라스가 여자라서 정말 다행이라고 생각해요."

크라스는 단 한 번도 여자라는 오해를 받은 적이 없었고, 백 사람에게 물으면 백 사람이 다 그럴 턱이 있느냐며 박장대소할 것이다.

그럼에도 아리에스는 정말로 크라스가 여자인 줄 아는 것 같다.

딱 한 번 스쳐지나간 짐마차의 말을 보고는 얼굴이 창백하게 질려서는 이렇게 말했으니까.

저게 남자라는 생물인가요? 라고.

"나는 졸려요. 안녕히 주무세요."

아리에스는 재주도 좋아서 이렇게 말하고 나면 바로 잠이 든다.

크라스는 일부러 대답을 하지 않은 채 잠자코 있었다.

그리고 아리에스의 토끼 같은 숨소리가 들리기 시작한 뒤로, 아무도 보고 있지 않기를 바라면서 그 부드러운 가슴에 살며시 뺨을 댔다.

"잘 자."하며 변명하듯 말한 것은, 정말로 변명이었다.

그날 밤 문득 눈을 떴다.

힐끗 시선을 하늘로 돌리자 약간 기운 달이 하늘 꼭대기를 거의 넘어서고 있었다.

깊디깊은 한밤중.

추위도 어지간한 것이어서 창피함을 무릅쓰며 아리에스의 몸에 팔을 다시 둘렀다.

한동안 꾸물거리다 비로소 자세가 편히 잡히자 한숨을 돌린다.

주위는 아주 아주 고요해서 정말로 아리에스의 숨소리밖에 들리지 않는다.

가축우리 한구석에서 잤을 때는 한 번도 조용한 밤이 없었다.

가축이 먹다 남긴 먹이를 노리고 쥐들이 시종일관 뛰어다니다가 당연하다는 듯이 옷 속으로 들어온다. 또 그런 쥐를 노리며 뱀과 올빼미가 눈을 번득인다. 밤손님은 그것뿐 아니다. 닭을 노리는 여우에, 양을 노리는 늑대도 온다.

위험이 닥치면 말은 날뛰지, 닭은 꼬꼬댁대지, 쥐는 점점 더 미친 듯 돌아다니니 온통 난리도 아니다.

아리에스와 지내는 밤은 너무나도 고요해서 이명증이 일어나려고 할 지경이었다.

게다가 해가 떠올라 아침이 밝아도 자신을 닦달하는 하인들도 없고, 해도 해도 끝이 없는 일거리도 없다. 자는 것이 이토록 즐거운 적이 없었다.

별안간 저택에서 내쫓긴 것에 놀라긴 했지만, 다른 사람들이 왜 그렇게 당황해 쩔쩔맸는지, 울며불며 매달렸는지 잘 모르겠다. 일이 없어지는 것은 기쁜 일이건만.

식량이 그다지 많다고는 할 수 없지만 전부 다 먹어치우기 전에 바다에 도착하겠지. 바다에는 물고기가 아주 많다니까 그것을 잡아먹으면 된다. 뭣하면 거기에 눌러 사는 것도 괜찮으리라.

그런데 아리에스는 물고기를 본 적이 있을까 하는 생각이 들었다. 아마 본 적이 없을 것이다. 그렇다면 가르쳐 줘야만 한다. 물고기는 물속에 있어도 빠져 죽지 않는 생물이야, 라고.

그 모습을 상상하며 조금 키득거렸다. 정말로 고요했다.

그런 뒤 다시 자려고 머릿속에서 잡생각을 떨쳐내는데 살짝, 숨소리 이외의 작은 소리가 들렸다.

탁, 탁, 탁 하는 식으로 들려오는 나직한 소리.

아리에스의 심장이 뛰는 소리인지도 모른다.

가슴에 부드러운 것이 달려 있으면서도 심장소리는 잘 들리더라 하며 야릇하게 여기다 뭔가 이상한 점을 깨달았다.

소리는 다른 쪽 귀에서 들려오고 있다. 구체적으로는 풀밭에 대어 있는 오른쪽 귀에서.

탁, 탁, 탁, 타닥 하고 들려온다.

이게 뭐지?

그렇게 중얼거린 직후, 아리에스의 등에 감겨 있던 팔을 자신의 등 뒤로 넘겨, 지팡이 대신 쓰는 굵은 가지를 움켜쥐었다.

"늑⋯."

늑대! 라고 소리칠 뻔한 것을 간신히 삼킨 뒤 얼굴만 들어 주위를 돌아본다.

쿵덕쿵덕 세찬 소리가 귀에 들린다. 이것은 자신의 심장소리.

뛰는 심장을 억누르는데 입이 제멋대로 "헉, 헉."소리를 낸다.

침을 삼키며 오른쪽을 본다. 왼쪽을 본다.

하늘에 달이 떠 있어 시야는 밝다.

하지만 늑대의 모습은 보이지 않는다.

"아리에스, 아리에스."

손바닥에 땀이 차고 입 안이 바싹 마른다.

아리에스의 어깨를 흔들면서 주위를 둘러봐도 역시 모습은 보이지 않는다.

그러나 저쪽도 이쪽의 변화를 알아챈 모양이다. 공기가 변한 것 같은 기분이 들었다.

가축우리에서 자다가 깨면 놈들만 특별하다는 것은 알고 싶지 않아도 알 수 있다.

한밤중에 그곳만 번쩍이는 금빛 눈.

모습이 보이지 않는 발소리와, 사냥감을 채갈 때 발소리가 들리지 않는 모습.

아리에스는 마침내 눈을 뜨긴 했어도 눈에 초점이 통 맞지 않는 것이 장난이라도 치고 싶을 만큼 흐느적댄다. 차라리 자게 두는 편이 늑대도 그냥 봐주고 넘어갈 것만 같다.

크라스는 지팡이를 끌어당기며 다시금 지면에 귀를 댔다.

늑대는 좀처럼 사람을 습격하는 법이 없다고 크라스는 믿고 있다. 닭을 문 채 크라스의 얼굴을 넘어간 적이 세 번이나 있다. 하지만 그때는 닭이 있었으니까 하는 생각이 들기도 한다.

탁, 탁, 탁, 탁 하는 소리는 여전히 들려온다. 그렇게 생각해서 그런지 아까보다 더 커졌다.

아마도 이쪽의 상황을 살피며 이를 갈고 있으리라.

'어떡하지?' 하고 속으로 수도 없이 중얼거린다. 아리에스를 데리고 뛰어서 도망치기는 도저히 무리일 테고, 무엇보다 움직이는 순간 습격을 당할 것 같았다.

어떡하지.

드디어 완전히 정신이 든 듯한 아리에스가 의아한 표정으로 이쪽을 쳐다본다.

그 순간 크라스는 찬물을 뒤집어 쓴 것처럼 몸이 싸늘해지면서 손가락을 세워 말을 막으려 했다.

"왜 그래요?"

그렇게 말하며 아리에스가 몸을 일으킨 것과, 더없는 아름다움이 깃든 울음소리가 들린 것은 거의 동시였다.

"어, 어?"

아리에스는 주위를 두리번거리며 그저 어리둥절하기만 하다.

크라스는 울고 싶기도 하고 화를 내고 싶기도 한 심정에 위장 언저리가 찌를 듯 아팠으나, 그래도 참고 몸을 벌떡 일으켰다. 그리고 그것을 보았다.

달을 머리에 인 언덕 위에서 일렁이던 수많은 검은 그림자가 울음소리의 여운과 함께 어둠 속으로 녹아들어가는 순간을.

그 직전, 금빛 눈동자와 눈이 마주친 것 같았다.

"으. 빨리, 빨리, 준비."

덜덜 떨리는 손으로 삼베자루를 집어 드는 한편, 영문을 몰라 어리둥절해 하고 있는 아리에스의 손을 잡았다.

하지만 겁이 나서 일어설 수가 없다.

더는 감추지 않는 늑대의 발소리가 숲속을 빠져나가는 거센 바람처럼 들려온다.

이가 덜걱거릴 만큼 무서웠으나 지팡이를 거머쥘 정도의 용기는 있었다.

아리에스를 자신의 뒤쪽으로 당긴 뒤 여전히 엉덩이를 붙인 채로 두꺼운 지팡이를 창처럼 거머쥐었다.

언덕을 달려 내려 어둠의 빈틈 속으로 뛰어들었던 늑대가 언덕 밖으로 튀어나온다.

금빛 눈이 쏘아보자, 자신의 입도 늑대의 입처럼 옆으로 벌어지는 것이 묘하게 또렷이 느껴졌다.

공포에 질린 나머지 자신도 모르게 으르렁댄 것이다.

그러나 물론 늑대는 전혀 겁먹지 않은 채 곧장 달려오는―.

"…어?"

돌연 선두를 달리는 늑대가 옆으로 날았다.

한 순간 옆으로 화살이라도 날아갔나 했을 정도다.

크라스와 아리에스의 옆을 지나쳐 늑대들은 착지하자마자 바로 돌아본다. 곤두선 털이 한 올 한 올 보일 만큼 가까웠다.

하지만 시선은 눈앞의 먹잇감인 크라스와 아리에스가 아니라 어딘지 먼 곳을 향한 채 몸을 납작 낮춘 자세다. 이를 드러낸 채 나직하게 으르렁대며 앞발로 지면을 버티고 서 있다.

당장이라도 덤벼들 것만 같았으나, 먹잇감을 사냥한다기보다 적을 앞에 두었을 때의 느낌이다.

내 용기에 겁을 먹어서?

크라스의 그런 생각에는 아랑곳없이 늑대들은 한 점을 응시하고 있었다. 그리고 순간적으로 튕겨나갔다.

그것이 일제히 내뺀 것이라는 것을 깨닫기까지는 한동안 시간이 걸렸다.

그들의 도주는 왔을 때보다도 더 신속했고, 왔을 때보다도 더 당돌했다.

너무도 허무하게 위기가 사라지자 자신들이 목숨을 구했다는 실감조차 들지 않는다.

늑대들이 사라지는 것을 멍하니 바라본 뒤로 한동안 아무 생각도 들지 않았다.

뒤에 있는 아리에스를 돌아본 것은 아리에스가 등을 찔렀기 때문이다.

"대, 대체 무슨 일인가요?"

아리에스는 바르르 떨고 있었다.

"늑대야…. 큰일 날 뻔했어."

물론 아리에스가 떨고 있는 것을 비웃을 생각은 추호도 없었으나, 자신이 떨고 있는 것은 알아채지 못하도록 필사적으로 지팡이를 꽉 붙들며 대답했다.

그러자 아리에스는 고개를 살짝 갸우뚱했다.

"느, 늑대?"

그러자마자 귀여운 재채기를 한다. 아리에스는 늑대를 알지 못했다. 그렇다면 바르르 떤 것은 단순히 추워서 그런 것뿐.

크라스는 창처럼 거머쥐고 있던 지팡이에 눈길을 주며 약간 입술을 삐죽했다. 그런 후 맥이 풀려 지팡이를 내던졌다.

"늑대. 방금 우리를 덮치려고 했잖아? 날카로운 이를 가진 야수야. 사람을 습격하고, 가축도 습격해."

"어머나. 그건… 남자인가요?"

설마 놀리는 건 아니겠지.

하지만 크라스는 나이가 아버지뻘은 되는, 말을 돌보는 하인이 하던 말이 생각나 그대로 말했다.

"맞아. 남자는 늑대야."

그 말을 듣자 아리에스는 미묘하게 달아오른 상기의 빛에 잠기며 늘라서 주위를 둘러본다.

"괜찮아. 벌써 어디론가─"

그 뒷말은 이어지지 않았다.

순간 크라스의 얼굴은 아리에스의 부드러운 것에 눌려 숨을 쉬는 것도 여의치 않았기 때문이다.

"으… 크윽…."

"아, 안심하세요. 제가, 아, 아니요. 신께서는… 신께서는 늘 우리를 지켜 주십니다. 아무 걱정할 것이 없어요."

그러면서 꼭 끌어안는다. 사실 겁을 먹고 있는 것은 아리에스 쪽이다.

만약 이 순간에 남자라는 건 말이지… 하고 진실을 가르쳐 주면 아리에스는 어떻게 할까.

거짓말을 하여 남을 속이는 것은 옳지 않다고 크라스도 생각한다.

머리를 약간 비틀어 한숨을 돌리자 아리에스의 냄새가 콧속을 간질였다.

간신히 목숨을 구한 지 얼마 되지 않았건만, 그것은 공포의 여운을 잊게 해주는 데 충분할 만큼 좋은 향기였다.

역시 얼마간은 잠자코 있기로 했다.

"그런데 그놈들이 대체 뭘 보고 놀란 거지?"

그야말로 놀랐다는 표현이 딱 맞는 것 같았다.

늑대의 무리가 놀랄 만한 그 뭔가가 대체 무엇일까.

그들이 쳐다보던 방향을 힐끗 살폈지만, 거기에는 평범한 초원에 군데군데 어둠의 연못이 있을 뿐, 무슨 마물이 있을 것 같은 흉흉한 느낌은 들지 않는다.

물론 아리에스의 품속에서도 그런 의문은 여전했으나 긴장은 이미 풀렸다. 식은땀을 흘린 뒤에 접한 살갗의 따스함에 잠이 돌아온 모양이다. 늘어지게 하품을 하고 말았다.

크라스가 몸을 꿈지럭대자 아리에스가 약간 팔을 푼 덕분에, 아쉽기는 해도 거기에서 기어 나와 말했다.

"이제 괜찮을 것 같으니까 그만 도로 자자. 아침이 되려면 아직 시간이 있어."

그 말에 아리에스는 결국 고개를 끄덕였다.

그 즈음에는 불안한 기색은 얼굴에서 사라지고 없었다.

이튿날 아침, 일찍 일어나는 아리에스가 깨워 또다시 하루가 시작되었다.

순간 어젯밤의 일이 떠올라 등골이 오싹했으나 역시 늑대의 모습은 보이지 않고, 그저 초원 위에 남은 발자국만이 꿈이 아니었다는 것을 보여주고 있었다.

그밖에는 여태까지와 별로 다를 게 없다.

다른 것이 있다면 식량이 약간 줄었다는 것과 물이 바닥날 염려가 생겼다는 것.

그리고 아리에스의 안색이 조금 좋지 않다는 것과 다리가 아프다는 소리를 했다는 것.

아리에스는 짬짬이 휴식시간을 가지면 될 테지만, 물 문제는 매우 곤란했다. 공복은 일주일 간 참을 수 있어도 붉은 사흘만 마시지 못해도 죽는다는 이야기를 영주님의 저택에 온 상인에게서 들은 적이 있다.

"강이 어디에 있는시 모르지?"

혹시 몰라 아리에스에게 물어봤지만 역시나였다.

가도 가도 끝이 없을 것 같은 황야와 그 위를 굴곡 없이 기어가는 가느다란 길.

약간 높은 언덕 위에 다다를 때마다 이제 슬슬 바다나 마을이 보이지 않을까 하여 시선을 모은다. 저택을 떠난 지 벌써 닷새째이니 상당한 거리를 왔을 것이다. 세계일주도 두 달이면 할 수 있다는 이야기를 들었다.

태어난 뒤로 내내 좁은 건물 안에서 살았다는 아리에스를 마음 한구석으로 약간 무시하고 있었으나, 크라스 자신도 세상이 이토록 넓을 줄은 몰랐다.

그것에 왠지 몹시 부아가 나서 걸음이 빨라졌다.

점심때가 지나 저녁이 되어 잠시 휴식을 취하기도 하고, 아리에스의 느린 걸음에 화를 내기도 하면서, 어쨌든 지금까지 중에서는 가장 많은 열두 개째의 언덕에 도착했다.

역시 눈에 보이는 것은 풀과 나무와 언덕, 언덕, 언덕.

뒤를 돌아보면 꽃이나 벌레에 흥미를 보이지 않게 된 대신 걷는 게 힘겨워진 아리에스가 있다. 언덕의 약간 아래쪽에 우뚝 서 있는데 영 걸음을 뗄 기색이 보이지 않는다.

그에 비해 크라스 자신은 아직 한참은 더 걸을 수 있는 데다, 무엇보다 여태 다른 마을에 도착하지 못한 것은 지금까지 걸어온 속도가 너무 느렸던 탓이라는 생각이 불쑥불쑥 든다.

아리에스 역시 아직은 조금 더 걸을 수 있을 터. 한숨을 섞어가며 부르려던 찰나, 결국 아리에스는 그 자리에 웅크리고 앉아 버렸다.

얼마 남지 않은 물과 보이지 않는 마을. 정말로 있을지 알 수 없는— 이 길 끝의 바다, 그리고 생각보다 훨씬 넓은 세상.

그런 말이 머릿속에 떠오르면서 짜증이 인다. 어제까지는 그토록 느긋하고 즐거웠건만, 오늘은 너무 게을렀던 것으로밖에 느껴지지 않는다.

혀를 차고 싶은 기분이 들자, 감추지 않고 끌끌 찬다.

아리에스는 여전히 일어설 기색이 없다.

"어휴, 정말…."

부르는 것도 귀찮을 만큼 짜증이 나자 그냥 확 두고 갈까 하는 생각이 한순간 든다.

외길이니 길을 잃을 리도 없을 것이다.

그래도 되겠다며 이런 저런 생각을 하고 있는데 묘한 소리가 났다.

"——?"

아리에스 쪽을 보니, 한 손을 땅바닥에 대고 있다.

그리고.

"앗, 아리에스!"

등이 불룩 부풀어 오른다 싶더니 촤악 하고 토사물이 흩어졌다.

그리고는 꼼짝도 하지 않고 있다가 그대로 얼굴을 들지 않은 채 옆으로 푹 쓰러져 버린다.

짐도 내팽개친 채 허둥지둥 달려갔다.

"아리에스! 아리에스!"

걱정이 되었다기보다 너무 놀랐다.

다가가 안아 일으긴 뒤 후드를 벗기고 이름을 부른다.

아리에스는 축 늘어져 미동도 하지 않았다. 약간 벌어진 입술

사이로 혀가 보인다. 죽어가는 양이 연상되고 만다.

"아리에스!"

놀라움 다음에 일어난 것은 걱정이 아니라 두려움.

아리에스가 죽는다.

울음이 터질 것만 같아 가냘픈 어깨를 흔든다. 뺨을 때린다. 그래도 아무런 반응이 없다.

이번엔 자신이 토할 것만 같은 공포가 밀려든다.

그 직후 아리에스가 또다시 토했다.

다행이다. 죽지 않았다.

그렇게 안심한 것도 잠시, 더는 토할 게 없는지 몸을 웅크린 채 괴로운 듯이 신음한다.

크라스는 눈가의 눈물을 훔쳐 준 뒤, 문득 생각이 난 듯이 허리춤에 있던 수건으로 아리에스의 입가를 닦았다.

그러나 이런 다음에는 어떻게 해야 좋을지 모르겠다.

'약초' 라는 단어가 머리에 떠오르긴 했으나, 주위에 나 있는 풀은 아무래도 효과가 있을 것 같지 않다.

아리에스의 괴로운 듯한 숨소리가 차츰 잦아들어 간다. 그것이 마치 생명의 불꽃처럼 여겨져 겁이 난 나머지 눈물이 뚝뚝 떨어졌다.

아리에스는 지친 게 아니라 몸이 좋지 않았던 것일까.

그런 줄 알았으면 좀 더 휴식을 취해 가며 천천히 걸었을 텐데.

변명이라고도 후회라고도 할 수 있는 그런 생각만 가슴속에 난무하며, 입에서 나오는 것이라고는 뭉개지다시피 한 아리에스의 이름뿐.

그래도 필사적으로 아리에스의 이름을 부르면서 저항 한 번 하지 않는 어깨를 흔든다.

"흐윽… 어떡해… 어떡해…"

누가 좀 도와달라는 말은 나오지 않았다.

이런 데서 누군가가 도와주러 올 리가 없다.

만약 와 준다면 아리에스가 매일 기도하는 수상쩍은 신이나 다름없는 존재다.

그러나, 도와주러 오기만 한다면 사이비 신이라도 상관없다고 진심으로 바라고 또 바란다.

"신이시여…"

그래서 크라스는 그것이 신의 목소리인 줄 알았다.

"왜 그래?"

무릎이 들썩할 만큼 놀라 고개를 들었다.

그러나 눈물 때문에 앞이 잘 보이지 않는다.

필사적으로 눈물을 닦은 뒤 다시 본다.

아무도 없다.

"어떻게…"

또다시 눈물이 그렁해졌다.

"왜 그러느냐, 소년?"

뀌.

크라스가 돌아보자 역광 속에 누군가가 분명히 서 있었다.

"아픈가?"

망토에 어울리지 않는 맑은 눈. 상대는 역광 속에 있는 데다, 이쪽은 앉아 있는 탓에 상대의 얼굴도 키도 알 수가 없다.

그래도 자신 외에 누군가가 있다는 생각만으로도 크라스의 눈에서는 한심하리만큼 눈물이 흘러넘쳤다.

"모, 모르, 모르겠어요… 가, 갑자기 쓰러져서…."

"흠."

하며 그림자 속의 사람은 중얼거리더니 크라스의 앞으로 훌쩍 돌아왔다.

그제야 비로소 어떤 인물인지 알았다.

여자.

"음. 이, 이건."

아리에스의 옆얼굴을 들여다보자마자 여자는 심각하게 말했다.

무의식중에 등줄기가 쫙 펴진다.

말이 이어졌다.

"단순한 피로로구만?"

그리고는 맥이 탁 풀렸다.

"…예?"

"봐, 다리가 이렇게 딱딱해져 있잖아."

누워 있는 아리에스의 종아리에 손을 대며 여자는 말했다.

"그, 그, 그치만."

"여러 번 쉬었으면 했을 텐데?"

입을 꾹 다문다.

"하물며 먹는 것도 영 시원찮았으니 쓰러질 만도 하지."

듣고 보니 너무 당연하다.

그렇게 생각되는 것과 동시에, 이내 이상하다는 것을 느꼈다.

"어, 어떻게 그걸?"

"으. 말이 헛나왔네."

일부러 그러는 것처럼 입에 손을 대면서 여자는 고개를 외면했다.

어디에서부터인가 자신들을 보고 있었던 게 틀림없다.

하지만 크라스는 언덕 위에 오를 때마다 주위를 둘러봤었다.

누가 숨어 있을 만한 데는 없었다.

대체 어디에서 보고 있었단 말인가.

"사실은 말을 걸지 않을 생각이었는데, 이게 하도 불쌍해서."

아리에스의 허리를 탁 때리더니 책망하는 눈빛으로 크라스를 본다.

"저, 저는 아리에스에게 잘…."

"잘 대해줬다고? 흥, 너랑 이건 몸 생김새부터 다르다는 건 알고 있을 테지?"

그 말에 뜨끔 한다.

단순히 대꾸를 못 하는 게 아니라, 낭패스러웠다.

"쿠후. 난 어젯밤부터 너희들을 지켜봤거든. 몸 생김새가 다른 건 너도 자~알 알고 있겠지?"

싱글싱글 표정이 바뀌더니 끈적끈적한 웃음을 지으며 그렇게 말했다.

크라스는 얼굴이 점점 뜨거워져 가는 것이 느껴졌다.

보고 있었던 것이다.

"수컷이 황홀해 죽는다는 게 바로 그거지. 하지만 뭐."

여자는 자리에서 일어나더니 한 손을 허리에 얹고는 입술을 치켜 올려 송곳니를 내보였다.

"늑대를 앞에 두고 과감하게 맞섰지? 그 용기만은 칭찬해 주마."

"예? 아… 앗!"

"흐음. 눈치가 없는 꼬마로구먼."

짓궂은 웃음을 지으며 크라스를 내려다보는 그 여자에게는 날카로운 송곳니가 나 있었다.

아니, 그뿐만이 아니다.

지금까지 전혀 알아차리지 못했다.

너무나 이질적이라 눈에 들어오지도 않았다.

이마께 기죽치킴 모피고 떼두 괴를 맨 비지에 히피띠, 밍도를 두른 아마빛 머리카락의 여자에게는 너무나도 묘한 것이 달려 있었다.

"이제야 이게 눈에 들어오다니, 그럼 이것도 몰랐냐?"

하며 망토를 확 들췄다.

"어…, 어…."

"근사한 털이지?"

화라락 소리를 내며 털 뭉치가 흔들린다.

훌륭한, 너무도 훌륭한 늑대의 꼬리가 흔들리며, 머리 위에 달린 한 쌍의 짐승의 귀가 쫑긋했다.

그 순간 크라스의 머리에 어젯밤 늑대들의 반응이 섬광처럼 되살아났다.

"호, 혹시."

"혹시?"

여자가 시험하는 눈빛으로 쏘아본다.

"어젯밤, 우리들을… 구해, 구해 준 것은….."

바람이 약하게 불자 망토자락과 꼬리 끝이 살랑였다.

저녁햇살을 옆으로 받는 얼굴이 '아이고, 참나.' 하는 소리를 말없이 하고 있었다.

"여, 억시, 어셋밤에, 늑대를, 쫓아 주셨군요?"

"나는 근처에 누워 있었을 뿐인데? 그쪽이 내가 있는 걸 눈치 채고는 제멋대로 내뺀 거지. 그게 다야."

여자는 시시하다는 듯이 말했으나 크라스는 입을 뻐끔거리다 마른침을 삼켰다.

때때로 인간 세상에 내려와서 사람들에게 행운을 안겨 주거나 장난을 치기도 하는, 사람과 비슷하기는 하면서도 사람은 아닌 존재들의 이야기를 몇 번인가 들은 적이 있다.

크라스는 쭈뼛쭈뼛 물었다.

"서, 설마, 정령님…?"

"아냐!"

버럭 화를 내는 바람에 얼떨결에 몸을 뒤로 확 젖혔다.

그러자 눈앞에 있는 짐승과 사람이 섞인 불가사의한 존재는 이내 겸연쩍은 표정을 지었다.

"우…. 하, 하긴 너희 인간들에게 그런 느낌으로 불린 적도 있지. 하지만 난 그렇게 불리는 건 별로야."

화를 낸 것이 창피한지 입술을 삐죽하는 얼굴은 자신과 나이가 별 차이 없는 것처럼 보인다.

그리고, 그 얼굴은 분명히 미인이었다.

"그, 그럼 어떻게… 칭해 드리면, 되올는지요?"

귀동냥으로 들은 어른들의 말투로 그렇게 묻자 또다시 언짢은 듯이 한쪽 눈썹을 치켜 올렸다.

"난 그러는 것도 별로야. 그리고 네 혀가 꼬여서 얽히면 풀기 귀찮아져."

무시하는 웃음에 얼굴이 확 붉어졌으나 상대는 정령님이라는 생각이 들어 고개를 숙였다.

그러자 한숨을 살짝 쉬더니 정령님은 지면 가까이 얼굴을 낮춰 이쪽을 들여다보듯 했다.

"얼굴 좀 들어 봐. 난 그냥 너희들의 불안 불안한 여행을 조금 거들어 주어야겠다고 생각했을 뿐이지, 너희늘에게 버릇들어시러고 모습을 드러낸 게 아니야."

무서워서 얼굴을 들 수가 없다.

그래도 쭈뼛쭈뼛 시선만은 들었다.

"쿠후, 그런 얼굴이 아직 어울리는 나이인가?"

시선을 들었다가 보게 된 그 웃음에, 세상에는 참 여러 종류의 웃음이 있구나 하는 생각을 했다. 그 웃음을 보자마자 다시 시선을 떨어뜨리며 아까보다 한층 얼굴이 붉어진다. 하지만 이유가 전혀 달랐다.

그래서 이번에는 정령님도 화를 내지 않았다.

"내 이름은 호로."

오도카니 웅크리고 앉은 정령님은 짤막하게 말했다.

그것이 자기 소개였다는 것을 알아차린 것은 한참 지난 후였다.

"제, 제 이름은 크라스… 입니다."

"입니다는 빼고."

"예? 예에."

호로라고 자칭한 정령님은 쓴웃음을 짓더니 일어섰다.

"이거 이름은 아리에스였던가?"

"그렇습니다, 만."

"어떻게 아느냐고?"

크라스는 고개를 끄덕했다.

"엄청 귀여운 목소리로 불러놓고? 아리에스, 아리에스으."

자신의 양 어깨를 감싸며 그렇게 말하는 호로에게 크라스는 그제야 진정이 된 얼굴에 다시금 피가 치솟는 것을 실감했다.

"그런데, 기력이 쇠약해진 자를 흔드는 건 좋지 않다고 생각해."

뜨끔하여 팔 위에 있는 아리에스의 얼굴을 내려다본다.

"정신을 잃어서 다소 진정이 됐을 거야. 입을 닦아 준 뒤 따뜻하게 해줘야지."

목에 빵이라도 걸린 듯한 기분으로 고개를 끄덕인 뒤, 옆으로 비틀리듯이 부자연스러운 자세로 쓰러져 있는 아리에스의 몸을 편한 자세로 바로잡아 준 크라스는 자리에서 일어섰다.

짐이 내팽개쳐져 있는 곳까지 그리 얼마 떨어져 있진 않았으나 아리에스를 혼자 두어도 될지 염려스러워 달려가는 게 망설여진다.

그러자 호로가 자기가 보고 있겠다는 듯이 턱짓을 했다.

크라스는 그제야 뛰어나가면서도 힐끗 뒤를 돌아봤는데, 호로가 아리에스의 옆에 몸을 쭈그리고 뭔가 중얼거린 것처럼 보였다.

그게 무슨 비밀 이야기를 하고 있는 것처럼 보여 마음에 걸렸다.

"참나, 이게 겨울이었더라면 진작 길바닥에서 쓰러져 죽었겠다."

크라스가 아리에스를 돌보고 있는 한편에서 짐을 점검한 호로는 기가 막힌다는 듯이 말했다.

"모포도 없다니. 비가 오면 어쩌려고 그랬어?"

"예? 어, 그럼…."

하고 생각하면서 크라스는 아리에스의 입 주위를 젖은 수건으로 닦아 준다.

따뜻하게 해주라지만 불을 지필 장작도 없거니와 호로가 지적한 내보 보쏘소사 냈나. 하는 누 없이 싵긋을 인 쟁 맆이 구있니.

"비를 피한다거나…."

그러자, 한숨을 쉬더니 어이없는 눈빛으로 쳐다본다.

크라스는 그만 고개를 푹 숙이고 말았다.

시야가 닿는 한, 비를 피할 만한 곳이 없었기 때문이다.

"근처에 강도 없고 샘도 없는 길을 휘적휘적 걸어가는 이인조가 있기에 재미 삼아 따라와 본 건데, 설마하니 이 정도일 줄이야."

그런 말까지 들으면 아무리 크라스라도 울컥하지만 무서워서 아무 말도 못한다.

"하기야 이상하다면 애초에 너희들의 조합 자체가 이상하지. 어린애 둘이 웬 여행이야?"

'어린애' 라는 말에 크라스는 그만 호로를 쳐다보고 말았다.

호로는 얼마간 연상의 분위기이긴 했으나 어른이라 불릴 만큼 어른은 아닐 거라고 생각했다

"멍청이, 난 적어도 이백 살은 더 많아."

"죄, 죄송합니다."

그런 말을 들어도 여전히 어리게 보이니 야릇하다.

하지만 상대는 정령님이니 무엇이든 이상할 게 없다.

자신을 그렇게 납득시킨 뒤, 굳이 감출 것도 없으므로 묻는 대로 대답했다.

바닥에 편히 누워 멋대로 자루 속에서 귀리빵을 꺼내 아작아작 씹으며 호로는 장단을 맞추는 대신 이따금씩 꼬리를 흔들었다.

크라스가 이야기를 마친 것과 호로가 빵을 다 먹은 것은 거의 동시였다. 이 사이에 낀 빵을 손가락으로 빼면서 호로는 몸을 일으키더니 "으음."하고 신음했다.

"네가 쫓겨난 그 저택이란 데는 '안세오' 인지 뭔지 하는 이름의 귀족이 사는 곳이지?"

"아, 예… 아는 사이인가요?"

"그냥 전에 있던 도시에서 들은 적이 있었어. 촌구석에 별난 귀족이 있다고. 그나저나… 그래, 죽었군."

영주님이 별난 사람인지 어떤지는 모르겠지만, 촌구석이라 불리는 것은 조금 불쾌했다.

저택도 훌륭했고, 일하는 사람들의 수도 스무 명이 넘었다. 부지에는 아리에스가 살았던 석조 건물도 있다.

게다가 근처에는 포도밭도 있고 마을도 있었다.

크라스는 그런 생각을 하고 있다가 호로가 싱글거리는 시선으로 쳐다보고 있는 것을 깨달았다.

"그야말로 길 떠난 지 얼마 안 된 햇병아리로구먼?"

"……."

왜 비웃는지 몰라서 분한 마음에 크라스는 고개를 홱 돌렸다.

그것이 또 호로의 웃음을 샀는지, 숨죽여 웃는 소리가 입에서 흘러나왔다.

"화내지 마라, 소년. 너도 드넓은 세상을 앞에 두고 놀랐을 텐데?"

뜨끔 하여 호로를 쳐다본다.

"뭘, 나도 길을 나선 뒤로 똑같은 생각을 한 적이 있었으니까 알지."

사람을 추켜세웠다 깎아내렸다 하는 것 같았으나, 그래도 거짓말을 하는 것처럼 보이지는 않았다.

"…그러십니까?"

"음. 세상은 너무도 넓지. 그리고…."

하며 말을 끊은 호로의 시선을 따라가자, 곁에서 자고 있던 아리에스가 어느 결에 어렴풋이 눈을 뜨고 있었다.

"아리에스."

눈앞의 호로도 잊은 채 크라스가 이름을 부르자 아리에스는 평소보다 몇 배는 더 빨리 초점을 맞췄다.

"어… 어어? 왜, 어?"

자신이 처해 있는 상황이 잘 이해되지 않는 얼굴로 몸을 일으키려 하기에 크라스는 황급히 밀어 세우려 달랬다.

"좀 전에 쓰러졌어. 기억 안 나?"

그 말을 듣고야 생각이 난 모양이다.

한결 나아진 낯빛에 약간 붉은 것이 섞인다.

"신을 모시는 사람으로서 부끄러울 뿐입니다. 하지만 이젠 괜찮아요."

닷새 간의 여행으로 아리에스의 성격은 대충 파악이 되었다.

자지 않는다고 해도 졸린 것인지 아닌지를 말투로 알 수 있다.

지금은 일어나는 것을 막지 않는다. 당연한 것이겠지만, 이내 호로를 알아보았다.

"어…."

그리고 그런 식으로 중얼거린 채 말이 끊어졌다.

머리 위에는 짐승의 귀, 허리에는 훌륭한 늑대의 꼬리를 달고 있는, 틀림없는 정령님을 갑자기 목격했으니 놀라는 것도 무리가 아니다.

하지만 아리에스는 아무 거리낌 없이 호로의 부속물을 쳐다보고 있다.

그 무례한 짓에 호로가 화를 내지 않을까 조마조마하다. 게다가 아리에스는 어젯밤의 일로 늑대를 남자로 여기고 겁을 먹고 있다.

무슨 터무니없는 말을 할지 모른다.

그렇게 판단한 크라스가 귀엣말을 하려는 찰나, 한동안 굳어 있는 채로 꼼짝 않던 아리에스가 순간 납득이 된 것처럼 고개를 크게 끄덕였다.

"아…. 바다 너머에서 온 분이시군요?"

엉뚱한 방향의 뜬금없는 말에 크라스는 황급히 수정하려 했으나, 당사자인 호로가 막아 세웠다.

"음. 북쪽 나라에서 여행 온 호로라고 해."

화를 내기는커녕 기분 좋게 웃으며, 그것을 뒷받침하기라도 하듯 꼬리를 즐겁게 파닥였다.

아리에스는 크라스가 덮어준 상의를 걷더니 우아한 몸짓으로 절을 하며 "아리에스 벨란제입니다."라고 말했다.

임금님조차 머리를 숙인다고 들은 적이 있는 정령님 앞에서 참으로 당당하기도 하다. 무지하다는 것은 무서운 일이란 생각이 들었다.

하지만 정령님은 성령님들만 사는 나라에서 온다고 들었으니, 아리에스의 말도 틀린 것은 아닐지도 모른다.

"무슨 용건으로 오셨는지요?"

이것이 저택 내에서라면 모양새가 났겠지만, 상황이 상황이다 보니 크라스는 삼가고 있지 못한 채 끼어늘었다.

"아, 아니야. 호로… 씨는 아리에스를 구해 주셨어."

이름 부분에서 멈칫한 것은 '님'이라 부를까 망설였기 때문이다.

순간적으로 '씨'를 붙인 것은 호로의 호박색 눈동자가 날카롭게 빛난 탓이었다.

어찌된 영문인지 '님'이라 불리는 것을 좋아하지 않는 모양이다.

아리에스는 다시금 놀라더니 약간 당황하며 자세를 바로 했다.

크라스는 아리에스가 인사를 제대로 할지 의아했으나, 그것도 한순간의 일이었다.

등을 쭉 편 아리에스는 놀랄 만큼 어른스럽게 보였다.

"실례했습니다. 다시금 인사를—"

그러면서 식사 전후에 하는 기도보다도 더욱 공손하게 손을 모으며 머리를 숙였다.

아리에스의 대응에 거의 넋이 나가 있으면서도 호로를 보자 아주 만족한 표정이었다. 일단 노여움을 사는 것은 피했나 보다 하여 안도했다.

그나저나 아리에스가 이렇게 반듯할 줄이야. 그 점은 역시 놀라웠다.

"그리고, 그러시다면 구해 주신 답례를 했으면 하는데요."

"답례라."

"예. 공교롭게도 여행을 하는 몸이다 보니 할 수 있는 일이 많지는 않습니다만."

꽃 밑에 꽃병이 없는데 말라 죽지 않는 건 어째서냐고 물으며 고개를 갸웃대던 아리에스와는 전혀 다른 사람으로 보인다.

잘난 척 이러쿵저러쿵 가르쳐 주었던 것이 갑자기 부끄러워졌다.

"흠. 물건은 필요 없고, 그 대신이라고 하긴 뭐하지만…."

하며 호로가 크라스를 힐끗 본다.

동시에 아리에스도 크라스를 돌아보았다. 한순간 뱀 앞에 놓인 개구리와 같은 기분이 든 것은 어째서일까.

몸 생김새가 저마다 다른 세 사람이지만, 그럼에도 크라스 혼자만 소외되는 꼴이다.

호로는 즐거운 듯이 말을 이었다.

"나를 잠시 여행에 동행시켜 줄라나?"

"어!"

얼결에 소리를 지른 크라스에게 다시금 두 사람의 시선이 쏠렸다.

반론이 용납될 분위기가 아니다.

게다가 아리에스가 호로 쪽으로 자세를 바로 한 후 생긋 웃으며 이렇게 말해 버렸다.

"그런 것으로라도 괜찮으시다면."

"고마워."

그러면서 옛날부터 사이좋은 친구처럼 웃으면서 서로 고개를 끄덕이더니 자기들 멋대로 이야기를 진행시켜 버렸다.

크라스는 여러 모로 재미가 없다.

하지만, 왜 재미가 없는지는 잘 모르겠다.

"그럼 내 짐이 저쪽에 있으니까 옮겨 오는 것을 좀 도와줄 수 있나?"

"아, 예."

아리에스가 일어서려 하자, 그것은 크라스가 막아 세웠다.

"아리에스는 쉬고 있어."

"하지만."

"쉬고 있어!"

다소 강하게 반복하자 놀란 듯이 쭈뼛쭈뼛 고개를 끄덕였다.

어딘지 모르게 즐거운 듯이 그런 대화를 지켜보고 있던 호로가 "이쪽이야."하며 걸음을 내딛었다.

"우우. 그렇게 무척나짐하듯 밀릴 것까진 없는데."

걷기 시작하자마자 앞장선 호로가 말했다.

"우…. 아니요…."

"힘쓰는 일은 수컷의 일, 이라고 하면 충분하잖아?"

그러면서 어깨너머로 돌아보는 그 호박색 눈동자를 본 순간에 크라스는 얼굴이 점점 뜨거워져 가는 것을 느꼈다.

호로는 전부 알고 있다.

"크흐크크…. 고생이로구먼."

망토 밑으로 꼬리가 즐거운 듯 파닥였다.

"뭐, 수컷이라면 십중팔구 너랑 똑같이 행동할 테니까 너무 신경 쓸 건 없어."

격려를 하듯이 등을 두드리며 그런 말을 해준들 전혀 기쁘지 않다.

그 얼굴에는 당장이라도 박장대소를 터뜨릴 듯이 웃음기가 머금어져 있었기 때문이다.

"왜? 난 네 편인데?"

온통 거짓말, 이라는 말은 속으로만.

놀리고 있다는 것쯤은 크라스도 안다.

"우후. 놀리고 있는 것도 사실이야. 그러니까."

한 걸음 앞으로 쑥 나가더니 호로는 크라스의 얼굴을 아래에서 위로 들여다보듯 했다.

늑대가 사냥감을 앞에 두었을 때 같은 눈.

홀린 듯이 그 호박색 눈동자에서 눈을 뗄 수가 없다.

"오늘밤은 셋이서 잘까? 물론 네가 한가운데."

그 말을 듣자마자 그 모습을 상상하고 만다. 그 직후 헛발을 디뎌 엎어지고 말았다.

호로가 아리에스에게 여행을 함께하게 해달라고 요청했을 때, 뱀 앞에 놓인 개구리와 같은 기분이 든 것은 이래서였다.

풀밭 위에 쓰러진 크라스의 눈앞에 호로가 쭈그리고 앉더니 말했다.

"왜? 밤까지 못 기다리겠어?"

짓궂게 웃는 얼굴.

그러나 그 말에 화를 내기에 앞서 그 얼굴과 아리에스의 얼굴을 비교하고 만 자신을 깨닫고는, 크라스는 기가 막혀 그 자리에 푹 얼굴을 묻고 말았다.

왠지 자신이 굉장히 한심스런 생물인 것만 같다.

머리를 톡톡 두드려 얼굴을 들자, 호로는 상냥한 표정으로 이렇게 말했다.

내가 너늘 어엿한 수컷으로 만늘어 수마.

크라스는 다시금 얼굴을 묻었다.

정신적으로 피곤할 것 같은 세 사람의 여행이 시작된 것이었다.

오래간만에 재채기를 하며 눈을 떴다.

요 며칠간 내내 따뜻했는데, 라는 생각을 둘둘 감은 모포 밑에서 하다가 그런 게 아니라는 것이 떠올랐다.

어젯밤은 오랜만에 시야가 탁 트인 언덕 위에서 혼자 잤던 것이다.

그 전까지는 여행의 길동무와 온기를 취하기 위해 꼭 붙어서 샀었다.

아리에스라는 조금 별난 소녀와.

그런 장면을 떠올리기만 해두 아침의 냉기가 싹 사라지지만, 어젯밤만큼은 그럴 수가 없었던 이유가 있다.

어느 날 갑자기 살고 있던 저택에서 쫓겨난 크라스와 아리에스가, 바다로 이어진다는 길을 느긋이 여행하고 있는 참에 불쑥 나타난 묘한 손님. 이름은 호로라고 하며, 크라스와 아리에스보다 이백 살은 많다고 한다. 하지만, 아무리 봐도 겉모습으로 봐서는 아리에스의 또래이거나 약간 위일 것 같다. 그러나 그 머리에는 짐승의 귀가, 허리에는 늑대의 꼬리가 달려 있고, 입술 밑에는 날카로운 송곳니가 있으니 그 말을 의심할 수도 없었다.

그리고 크라스가 추위를 참아가며 혼자서 잔 이유. 그것은 호로 때문이었다.

호로가 어젯밤에 "셋이서 잘까?" 운운하는 말을 했던 것이다.

크라스가 아리에스와 함께 잔 것은 아리에스가 너무나도 세상 물정을 모르는 탓에 크라스를 남자로 생각지 않고 있기 때문.

그러나 호로는 다르다.

호로는 크라스를 골려먹고 싶어서 그렇게 말하는 것이다.

아무리 위대하신 정령님의 제안이라도 단호히 거부할 수밖에 없었다.

그래서 결국은 크라스가 모포를 빌려 혼자 자고, 호로와 아리에스가 서로 로브와 망토를 모포 대신 덮은 채로 나란히 자기로 했다. 그랬으나… 좀 아까운 짓을 했나 싶다. 호로와 아리에스가 나란히 붙어서 자고 있는 모습을 상상하니 그런 생각이 들고 만다.

호로는 정령님이라면서도 짓궂었고, 아리에스는 아리에스대로 이해가 잘 가지 않는 성격이긴 해도 둘 다 예쁜 것은 틀림없는 사실이다.

물론 이제 와서 둘 사이에 끼워 달라는 말은 죽어도 못하겠지만, 보는 것쯤은 괜찮을 테지.

그런 생각에 살며시 모포 밖으로 얼굴을 내밀었는데 눈앞에 호로가 있었다.

"왜 그런 얼굴을 하고 있는지 맞혀 볼까?"

털퍼덕 주저앉아 꼬리털을 손질하고 있었던 모양이다.

크라스는 모포 속으로 얼굴을 감추지도 못한 채 힘없이 고개를 가로저었다.

"네가 제일 꼴찌야."

꾸물꾸물 모포 밖으로 나오자 아리에스도 진작 일어나 조금 떨어신 곳에서 하누의 일과인 기도를 신께 드리고 있었다.

신이 있을 듯한 하늘을 올려다보자 오늘은 흐려 있다. 약간 오한이 났다.

신이라면 이쪽도 신인 호로는 한동안 만지작대던 꼬리를 놓더니 자신의 짐 속에서 말린 빵을 꺼내 크라스에게 인심 좋게 내밀었다.

수확제 날도 아닌데 밀로 만든 빵이었다.

"받은 거니까 사양할 필요 없어."

사양하라고 한들 손이 멋대로 받아들고 말리라.

하지만 아침은 단호히 거부하는 아리에스가 마음에 걸렸다.

"새를 쩨쩨하는 찌라면, 끈가 섭두체 됐어. 자—"

하며 기도를 마치고 이쪽으로 돌아온 아리에스를 향해 빵을 던진다.

아리에스는 당황하며 양손을 내밀어 갓난아기라도 구하는 듯이 빵을 가슴으로 받아 안았다. 호로의 예의 없는 행동에는 예절과는 거리가 먼 크라스도 놀랐다.

"머, 먹을 것을 던지다니—."

"익은 보리알은 이윽고 땅에 떨어지는 것이 세상의 섭리. 그렇다면 그것을 가루로 만들어 구웠을 뿐인 빵을 던지면 안 될 이유가 있나?"

"어…?"

얼결에 얼빠진 소리를 낸 것은 크라스였으나, 아리에스 역시 코를 잡힌 것 같은 표정을 짓다가 머리를 살짝 갸웃했다. 그러더니 곧이어 어딘지 모르게 멍한 채로 고개를 끄덕였다.

크라스도 뭔가 속고 있는 듯한 기분이 들긴 했으나 왠지 반론은 펼 수가 없다.

오래 산 정령에게는 그 어떤 현자도 당해낼 수 없다고 한다.

"이렇게 하는 거야."

크라스에게 귀엣말을 하며 의기양양하게 웃는 호로의 얼굴은 아주 약간 멋지게 느껴졌다.

"그런데, 너희들의 목적지는 바다였어?"

평소에 늘 먹던 것인지, 야금야금 빵을 씹는 크라스와는 대조적으로 덥석덥석 먹으며 호로는 물었다.

"이, 일단은요."

"정처 없는 둘만의 여행?"

그러면서 웃으니 약간 머리가 움츠러진다.

"그런 건 아니지만…."

"유랑여행이 아니라면 목적은 제대로 정해 두는 게 좋아."

마지막 한조각을 입 안에 던져 넣으며 호로는 그렇게 말을 맺었다.

유랑여행이라는 말에는 한순간 가슴이 뛰었다.

말을 타고 낡은 망토를 걸친 채 이 나라 저 나라를 떠돌아다니는 서글픈 얼굴의 나그네 이야기를 들은 적이 있었기 때문이다.

하지만 그런 말을 했다가는 저택에 있던 다른 어른들과 마찬가지로 비웃을 것 같아서 잠자코 있기로 했다.

"그런데, 넌 일어나는 것도 늦더니 먹는 것도 늦냐?"

"예?"

호로의 말에 자신의 손을 내려다본다. 빵은 아직도 반이나 남아 있었나.

호로가 먹는 게 너무 빠른 것뿐이지, 라고 이내 생각했으나, 아리에스에게 시선을 돌렸다가 깜짝 놀랐다.

"이럴 때 인간은 '나이프와 스푼이 필요한 식사냐?' 라고 하는 것 같던데?"

물을 떠오거나 가축을 돌봐야 할 일이 산더미 같을 때 자주 듣는 말이다.

나이프와 스푼을 쓰는 귀족의 식사는 천천히 하면 천천히 할수록 좋다.

물론 크라스는 스푼 같은 건 써 본 적도 없다.

허겁지겁 밀빵을 입에 쑤셔 넣었다.

야금야금 뜯어먹었을 때와는 비교도 안 될 만큼 농밀한 밀빵의 맛이 입안 한가득 퍼졌으나, 몇 번 씹어 삼키니 끝.

역시 아까운 기분이 들었지만 다 먹어 버렸으니 어쩔 수 없다.

늘 밥을 늦게 먹던 아리에스가 벌써 다 먹은 것을 보고 질세라 먹어치운 것이다.

"그럼 빨리 짐을 정리해서 떠나 볼까? 바다는 아직 한참 멀었지만 다음 도시는 얼마 남지 않았으니까."

호로의 말에 크라스는 숨 쉴 틈도 없이 뒷정리에 들어갔다.

그러다 정리를 하고 있는 것이 자신뿐이라는 것을 문득 깨달았지만, 식사가 끝난 뒤로 한창 기도 중인 아리에스를 부를 수는 없었고, 호로에게 도와달라고 할 수도 없는 노릇이었다.

하지만 가장 납득이 가지 않았던 것은 호로의 짐까지 자신이 져야 하는 것이었다.

호로의 짐은 크라스와 아리에스의 빈궁한 것과는 달리, 여행을 하기 위해 필요한 것이 빠짐없이 들어 있었다. 그 중에서도 가장 무거운 것은 포도주가 담겨 있다는 가죽자루다.

"자기는 못 진다니, 그럼 여기까지는 어떻게 왔습니까?"

너무 말이 안 돼 그렇게 항의를 했더니 호로는 송곳니를 내보이며 얼굴을 바짝 갖다 대더니 야릇한 웃음을 지은 채 이렇게 말했다.

"알고 싶어?"

꿀꺽 마른침을 삼키고 만 것은 여러 가지 이유에서였지만, 그 어느 것도 고개를 세로로 끄덕일 이유는 되지 못했다.

호로는 만족스럽게 끄덕이더니 꼬리를 살랑이며 앞으로 성큼 가 버린다.

그 중압감에서 해방된 대신 무거운 짐을 지게 된 크라스는 한숨을 내쉬고 할 수 없지, 하며 걸음을 내딛었다. 사실 이 정도 짐이라면 두 개쯤 진다한들 걸음을 못 걸을 리가 없다.

그런 생각을 하고 있는데 문득 옆에서 기척이 느껴졌다. 얼굴을 들고 보니 아리에스였다.

"나도 거들까요?"

엿새째가 되어서야 비로소 나온 말이었으나, 어제 너무 지쳐서 쓰러지고 만 아리에스다.

도저히 그러라고 할 수가 없어 거절했다.

"하지만…."

하며 걱정보다는 죄책감에 시달리는 듯한 얼굴로 매달리기에 크라스는 자신들이 원래 갖고 있던 식량 자루를 내밀었다.

이세니반 가버우니 시의 부림이 피지 않으디디.

"그럼 이걸 들어."

바로 고개를 끄덕이며 아리에스는 자루를 받아들었다.

무슨 바람이 불었는지는 모르겠으나 마음을 써 준 것은 솔직히 기뻤다.

"그럼 가자."

아리에스는 자루의 끈을 어깨에 걸더니 걷기 시작한 크라스의 비스듬한 뒤쪽을 얌전히 따라온다.

그것도 여행을 시작한 뒤로 처음 있는 일이었으나, 그런 것보다도 호로가 성큼 성큼 걸어가는 바람에 그 뒤를 쫓아가는 것만으로 띤시거이었다.

아리에스가 또 쓰러지는 건 아닌가 하여 조마조마했으나, 점점 평지에 가까워지고 있는지 언덕의 내리막길도 적어지더니 마침내 점심 휴식 전에 작은 언덕 세 개를 넘을 수가 있었다.

그리고 그 휴식시간이 되기 직전, 내내 말없이 걷고 있던 아리에스가 별안간 말문을 열었던 것이다.

"늑대에게서 지켜 준 것, 고맙다는 말을 깜박 잊고 못했어요. 고마워요."

묘하게 굳은 말투와 표정으로 그러는 바람에 깜짝 놀랐으나, 아마도 그 말을 꺼낼 틈을 내내 엿보고 있었던 모양이다.

이런 면에서는 성실한가 보다.

"으응. 그냥 뭐, 괜찮아."

그래서 그렇게 대답하자 아리에스는 확실하게 안도의 한숨을 짓더니 힘없이 미소 지었다.

그것이 묘하게 귀여워서 황급히 "신경 쓰지 마."라고 말하려 했는데, 문득 약간 떨어진 곳에 앉아 있는 호로가 눈에 들어와 그만두었다.

시선은 다른 곳에 향해 있으나 그 귀가 이쪽을 향해 있는 것이다.

"이, 일단 점심을 먹자."

그 순간, 호로의 옆얼굴이 따분한 빛으로 변한 느낌이 들었다.

어쩌면 자신의 짐을 지게 한 것은 아리에스에게 고맙다는 말을 하게 하려는 뜻이었는지도 모른다.

쓸데없는 참견이시네, 라고 생각한다.

그런 소리를 듣자고 아리에스와 여행을 하고 있는 건 아니니까.

하지만 아리에스가 정식으로 고맙다는 말을 해준 것은, 그저 단순하게 기뻤다.

점심밥을 다 먹고 나자 호로는 벌러덩 누워 버렸다.

꿀꺽꿀꺽 포도주를 마셔서 졸린 것인지도 모른다.

이따가 따라오겠다면서 모포만 받아들고는 크라스와 아리에스를 먼저 보냈다.

일행이 걷는 속도는 아무래도 아리에스의 걸음에 맞추게 되니, 크라스와 아리에스가 다소 먼저 출발한다 해도 호로는 이내 따라잡으리라. 크라스가 한숨을 지은 것은, 크라스 일행의 여행에 동행하겠다고 했던 것도 느닷없더니 합류한 뒤의 행동도 순 제멋대로여서다.

그래도 빵을 나눠 준 은덕이 있으니, 그것만으로도 오노의 변덕은 충분히 받아들일 수 있다.

먹을 것을 먹여 주는 사람에게는 기본적으로 고개가 숙여진다.

어쨌든 그런 연유로 다시금 아리에스와 둘만의 길이 되었다.

그러나 오전 중에 크라스의 곁을 떠나지 않고 걷던 것은 역시 미처 하지 못한 인사말을 할 기회를 엿보고 있었기 때문이었던 모양이다. 지금은 여태까지 그랬던 것처럼 조금 걷다가는 멈춰 서고, 멈춰 섰다가는 궁금한 눈길을 보내왔다.

솔직히 이내 멈춰 서는 것에는 짜증이 났지만, 궁금한 눈빛을 보내오는 것은 싫지 않았다.

말은 그럴 때마다 매에, 어쩔 수 없네— 하는 표정으로 궁금해하는 것을 가르쳐 주었지만.

그 순간, 비명이라고 해도 될 외마디 소리가 들려 크라스는 놀라 돌아보았다.

"아리에스?!"

한순간 어젯밤의 일이 뇌리를 스쳐 식겁했으나, 만약 늑대라면 호로가 어떻게든 해줄 것이다 싶어 생각을 돌렸다.

아리에스는 조금 떨어진 곳에 우뚝 선 채 크라스 쪽을 돌아보더니 한 곳을 가리켰다.

그 표정은 공포로 물들어 있을… 줄 알았으나 아무래도 다른 느낌이 들었다.

공포라기보다는 난감한 표정이었다.

"왜 그래?"

비명 같은 소리를 들었을 때는 짐을 두고 달려갈까도 했으나, 그렇게까지 긴급을 요하는 느낌은 들지 않았으므로 내렸던 짐을 다시 지고 뛰어갔다.

짐을 두고 갔다가는 방금 전까지는 그림자도 형체도 없던 매가 채어갈 수도 있다. 저택에서 양과 말을 방목했을 때 점심을 빼앗긴 뼈아픈 기억이 되살아난다.

"어? 어라…?"

다가가자 아리에스의 얼굴이 자세히 보였다.

난감한 것이 아니라 서글픈 듯한, 걱정이 되는 듯한 표정을 짓고 있었다.

아리에스가 가리키는 쪽으로 눈길을 돌린다.

거기에는 설령 크라스와 아리에스가 쫓아간다 해도 도망칠 자신이 있을 미묘한 거리를 두고 갈색 야생토끼가 있었다.

"토끼? 토끼가 왜?"

토끼를 보는 게 처음이라 해도 말보다는 박력도 없고, 굳이 말하자면 귀엽지 않은가.

어째서 저다지도 동요를 하나 싶었는데, 아리에스가 마른침을 삼킨 뒤 대답했다.

"귀, 귀가…."

걱정스러운 얼굴에 슬픈 표정이 섞여 있는 이유를 이내 깨닫고는 피식 웃고 말았다.

누가 귀를 잡아당겨 저렇게 된 것이라고 생각했던 것이리라.

"토끼 귀는 원래 저렇게 생겼어. 길어서 멀리서 나는 작은 소리도 잘 들을 수 있대."

크라스는 어젯밤에 지면을 타고 전해지는 늑대의 발소리를 들었는데, 가축우리에서 자던 시절에는 근처의 굴에서 사는 야생토끼들의 발소리를 자주 들었다.

야생토끼는 긴 귀로 늑대나 여우가 오는 소리를 포착하면 발로 지면을 두드려 동료들에게 알린다.

"누가 끔찍한 짓을 한 건… 아니지요?"

"아니야."

크라스가 말하자 아리에스는 그제야 안심이 된다는 듯이 한숨을 쉬었다.

"그래도 저거, 맛있어 보이네…."

입을 오물거리면서 이쪽을 빈틈없이 감시하고 있는 야생토끼는 턱도 근사하고 그것도 훌륭했다. 통째로 구워서 허벅지 부분을 넙석 물었다가는 입술을 확 델만큼 기름이 뚝뚝 떨어질 것만 같다.

그래서 얼결에 그런 소리를 중얼거렸더니, 아리에스가 믿기지 않는다는 표정으로 크라스를 쳐다보았다.

"어? 아, 어, 아, 아니. 그게, 저기, 저 토끼가 먹고 있는 풀. 풀을 먹고 있는 모습이 맛있을 것 같다는, 그런 뜻이었는데?"

억지로 둘러대자, 사람이 어쩌면 그럴 수 있느냐는 듯이 쳐다보던 아리에스는 그래도 그 말을 믿어 준 모양이다. 표정을 풀었다.

"아, 그런 거였어요…? 미안해요. 난 완전히…."

"응, 나야말로 놀라게 해서 미안해."

놀란 것은 크라스 쪽이었으나, 아리에스에게 미움을 사는 것만은 간신히 면한 듯했다.

하지만, 그럼 아리에스는 토끼를 먹어 본 적이 없는 건가? 하는 생각을 하고 있으려니 아리에스가 문득 말문을 열었다.

"세상에는."

"응?"

"아, 미안해요. 세상에는 정말 알지 못하는 게 많네요."

먼 산을 보는 듯한 눈으로 아리에스는 말했다.

그 옆얼굴의 표정은 온화했으나 조용한 감동이 배어나오고 있었다.

아리에스는 태어난 이후로 줄곧 석벽에 둘러싸인 작은 건물 안에서 지냈다고 한다.

크라스의 입이 제멋대로 움직였다.

"그럼, 좀 더 보자."

"예?"

"멀리 가서, 바다에 가서, 여러 가지 것을 보자."

호로는 여행의 목적을 정하는 게 좋다고 말했다.

세계를 많이 보며 돌아다니는 것을 목적으로 여행하는 것은 참으로 명안이라는 생각이 들었다.

하지만 아리에스는 잠시 아무런 반응도 없었다. 마치 그 말이 돌로 변하는 주문이기라도 한 것처럼 꼼짝도 하지 않았다. 그러다 이윽고 불현듯 표정을 풀었다.

그것이 묘하게 어른스러운 웃음으로 보여 크라스는 조금 놀랐다.

"그러네요. 그럼 빨리 걸어야겠네요."

그러면서 웃었을 때에는 평소의 아리에스의 얼굴이었다.

크라스는 여우에게 홀린 듯이 세 번 고개를 끄덕인 뒤 기침 대신 짐을 다시 짊어졌다.

"쓰러시지 않을 성노로."

조금 짓궂게 말하자 아리에스는 순간 입을 꾹 다물더니 후드 그늘 속으로 얼굴을 감춰 버렸다.

그게 너무도 어린애 같아 안심이 되었다.

"그럼 가자."

걷기 시작하자 아리에스가 따라왔다.

호로는 결국 해가 저물어가는 뒤에야 합류했다.

"…컥…!"

소리 아닌 소리가 의사와는 관계없이 목구멍에서 터져 나왔다.

아무리 태연한 척을 하려 해도 어쩔 수가 없었다.

"콜록… 크윽…."

"큭큭. 아직 일렀나?"

기침을 하는 크라스의 손에서 가죽자루를 빼들며 호로는 짓궂게 웃었다.

그 안에 들어 있는 것은 거른 포도주라고 한다.

포도주라고 하여 훨씬 달달한 음료를 상상했는데, 크라스의 감상으로는 차가우면서도 뜨겁게 느껴지는 썩은 포도즙일 뿐이었다.

"키가 큰 만큼 이쪽이 더 어른이었나 보군."

호로는 가죽자루의 내용물을 한 모금 마신 뒤 육포를 입에 물었다.

키 크기와는 상관없다고 생각하지만 반론도 펼 수 없다.

아리에스가 아무렇지도 않은 얼굴로 마시기에 자신도 마실 수 있을 줄 알았건만, 결과는 방금 전의 그 추태였다.

"포도주는 신의 피입니다. 이것을 마시지 못하는 것은 신의 가르침이 몸에 배어 있지 않다는 증거입니다."

아리에스에게는 그렇게 야단을 맞았다.

신의 가르침이라는 것을 들어 본 적이 없으니 확실히 그 말이 맞는지도 모르겠으나, 아리에스는 할 수 있는데 자신은 못해서야 꼴사납다.

다시 한 번 도전해 보고 싶다는 투로 손을 내밀었다가 호로에게 손을 얻어맞았다.

"술은 즐기는 것이야. 허영과 오기를 위해 마시는 술은 달리 있어."

정령님께서 그리 말씀하시니 물러나는 수밖에 없다.

"하지만, 이 즐거움을 모른다니 안됐군."

그 말은 크라스에게가 아니라 아리에스에게 향해진 것.

아리에스는 잠시 당황한 듯하더니 크라스 쪽을 힐끗 보았다.

마음을 써 주는 게 분해서 눈길을 피했다.

"그렇지만, 한 번 신의 복음을 접하면 함부로 신의 이름을 부르게 되는 것처럼, 실수 또한 잦습니다."

"귀 따갑게 들은 말이로군."

호로의 늑대 귀가 벌레를 쫓듯이 쫑긋했다. 아리에스는 담담하게 웃더니 무릎 위에 모으고 있던 손을 부끄러운 듯이 다시 모았다.

"가장 큰 실수는, 포도주를 만들기 위해 천으로 포도를 감싸 매달아 두었는데 한 방울 한 방울 떨어지는 걸 채 기다리지 못하고…."

"손으로 짜서 망쳐 버렸지? 그랬더니 왜 그런지 맛이 형편없어지지?"

아리에스는 눈을 감으며 오른쪽 뺨에 손바닥을 댄다.

그런 뒤 한층 즐거운 웃음을 지었다.

"포도주는 신의 피요, 신의 피는 신의 몸을 헐어낸 은총이며, 너는 신의 몸에 상처를 입혀서라도 은총을 받으려는 어리석은 것이다 — 라는 말을 들었습니다."

크라스는 아리에스가 무슨 말을 하는 것인지 이해가 되지 않았으나, 호로는 최고의 농담이라도 들은 것처럼 즐거운 표정이었다.

유일하게 이해된 것은, 아리에스는 그때 오른쪽 뺨을 냈다 얻어맞았을 것이라는 점. 뺨에 손을 대고는 그때의 아픔이 생각난 것처럼 뺨을 비비고 있었다.

"저는 몹시 반성했습니다. 다시는 그런 짓을 하지 않겠노라고."

"그것으로 욕심이 사그라지면 좋으련만."

아리에스가 한쪽 눈만 크게 뜬 채 쳐다보자 호로가 작은 머리를 갸웃한다. 그러더니 두 사람의 입에서 잔물결처럼 키득대는 웃음이 흘러나왔다.

"저는 가르침을 지키면서 신의 은총은 주어진 만큼만 받게 되었습니다."

"한 방울 한 방울, 조금씩 떨어지는 것을 손으로 받아 핥는 먹는 이게 또…."

호로가 한층 맛있게 말하자, 아리에스는 다시 눈을 감으며 웃었다.

그러나 오른뺨에 얹어진 손은 이제, 맞은 아픔을 떠올리는 게 아니라 맛있는 것을 먹었을 때를 떠올리고 있을 것이었다.

아리에스가 보이는 새로운 몸짓과 표정에 가슴속이 뜨끔 한다.

한순간 놀랐으나 포도주를 마신 후로 욱신욱신했던 것이 생각나자 왠지 안심이 되었다.

"이런 즐거움을 모르다니 인생의 손해라 할 수 있지."

그 말과 함께 두 사람의 시선이 자신에게 쏠리자 크라스는 자신이 몹시 어린애가 된 것 같은 기분이 들었고, 정말로 어린애처럼 고개를 홱 돌렸던 것이었다.

그렇게 주거니 받거니 하는 사이에 날은 저물고, 흐린 날씨였기 때문에 주위는 이내 어둠에 휩싸였다.

불이 없으니 어두워지면 자는 수밖에 없다.

물론 잠자리는 어제와 마찬가지. 다른 점이 있다면 놀려대기를 포기했는지 호로가 셋이서 자자는 말을 안 했을 뿐.

그것에 안심이 되는 한편 아쉽기도 하고 쓸쓸하기도 한 기분이 들었으나, 깊이 생각하는 게 겁이 나서 모포를 휘감고 눈을 감았다.

　관자놀이 언저리가 약간 아프게 느껴진 것은 틀림없이 포도주 탓이리라.

　걸으면 이내 지치고, 무언가를 발견하면 궁금한 시선을 보내오는 아리에스가 아무렇지도 않은 것을 생각하면 관자놀이 언저리와는 별도로 절로 한숨이 나온다.

　휘적휘적 불안스레 길을 걸어가는 아리에스의 손은 자신이 끌어 주기 않으면 안 되니까.

　그런 생각을 하다가 어느 결에 잠이 들었나 보다.

　잠이 들었나 보다, 라고 표현한 것은 계단을 헛디뎠을 때 같은 느낌과 함께 눈을 번쩍 떴기 때문이다.

　"…으…."

　입가에 흐른 침을 무의식중에 모포로 닦다가 모포의 주인이 호로였다는 것이 떠올랐다.

　"어쩌지."

　조금 묻은 것쯤은 괜찮으려나 하며 나머지는 옷소매로 닦은 후 누운 채로 시선을 슬쩍 하늘로 돌렸다.

　아주 잠깐 존 것 같은데 어느새 엷어진 구름 사이로 달빛이 약간 새어나오고 있었다. 몸이 부르르 떨려 모포를 끌어당겼는데, 몸이 떨린 것은 추워서 그런 게 아니라는 것을 이내 알았다.

　만약 주위가 완전히 캄캄해지면 볼일을 본 채 다시 모포 있는 데로 돌아오지 못할 수도 있어 참았겠지만, 다행히 다소 눈이 익숙해졌기 때문에 벌떡 자리에서 일어났다. 더욱이 참다가 만의 하나 자는 사이에 실례라도 하면 큰일이다. 호로와 아리에스의 코앞인 것도 문제지만 벌레들이 꼬여들게 된다.

몇 년 전쯤 여름에 자다가 소변을 본 뒤로 심한 꼴을 당한 기억이 나서 다시 한 번 봄을 부르르 떨었다.

모포에서 상당히 멀리 떨어진 곳까지 간 것은 단순히 남이 자고 있는 옆에서 그러기가 싫었던 것뿐 아니라, 아리에스와 호로가 볼 수 있는 거리에서 그러는 게 창피해서다.

이만큼 왔으면 충분하겠지 싶어 마침내 볼일을 보았다.

"후우…."

지상 최고의 행복한 순간을 보낸 후 만족스러운 한숨을 짓고 나서 빙그르 몸을 돌린다.

그러나 어둠과 졸음 탓에 바지 끈이 제대로 묶이지 않는다. 대충 붙잡고 걸어가면서 손끝을 내려다보며 꿈지럭댔다.

그런 식으로 어기적어기적 잠자리 있는 데로 돌아가면서 크라스는 볼일을 봐서 다행이라고 속으로 중얼거렸다.

"뭐야, 전혀 알아채지 못했어?"

세상의 윤곽을 아주 조금밖에 분간할 수 없게 된 어둠속, 그것만 묘하게 또렷이 보이는 호로의 눈이 어이없다는 듯이 가늘어졌다.

"부, 부엉이 괴물인줄 알았어요…."

"흠. 난 늑대인데?"

웃지 않다가 발을 밟혔다.

크라스는 항의를 할까 망설이다 호로가 성큼 성큼 걷기 시작하는 바람에 체념하기로 했다.

다소 거리가 벌어지자 돌아보며 어서 오라고 손짓을 했다.

"왜, 왜요?"

호로는 조금 더 걷다가 멈춰 선 뒤 주저앉는다. 그러더니 옆에 와 앉으라는 식으로 손으로 가리켜서 크라스는 그에 따랐다. 옆에 앉자 호로와 앉은키는 거의 비슷했다. 귀 부분만 크라스가 낮았다.

"좀 물어볼 게 있어서."

"물어보고 싶은 거, 요?"

굳이 이런 한밤중에 무슨 용건인가 싶었으나, 로로는 선선히 말문을 열었다.

"네가 한동안 모셨다는 안세오라는 귀족 말인데."

"영주님이오?"

"음. 그 녀석이 죽었다는 건 확실해?"

호로에게 자신들이 여행을 하게 된 자초지종을 말했을 때, 호로가 영주님 이야기에 뭔가 짚이는 바라도 있는 듯한 태도를 보였던 것이 생각났다.

혹시 친구였나?

"확실하냐고 물으면, 잘 모르겠습니다."

영주님의 동생을 자처하는 남자가 기신들을 이끌고 들이닥쳐서는 그렇게 선언했을 뿐이니까.

"흠…. 하지만 듣자하니 멀리 여행을 떠나는 게 취미였나 보던데?"

"아, 예. 여행에서 돌아오실 때면 이상한 가구며 수상한 사람들을 데리고 돌아오곤 하셨습니다."

그 별난 취미의 극치가 아리에스가 있던 석조 건물이라는 것이 고용인들의 통일된 의견이었다.

"그렇다면, 어쩌면 여행지에서 행방불명됐을 가능성은 희박하겠군."

호로는 한숨을 지으며 말하더니 그 자리에 벌렁 누워 버렸다.

주위에는 벌레 울음소리조차 없이, 호로가 꼬리를 샤악 흔드는 소리만 들렸다.

"아는 사이셨나요?"

"나랑? 아니, 그런 건 아니야."

몸을 옆으로 틀어 팔꿈치를 대고 얼굴을 받친다.

부연 달빛 아래에서 보는 그 느긋한 몸짓을 통해 노숙에 익숙하다는 것이 느껴진다. 호로는 그 자세로 한동안 어딘가라고 할 것도 없이 바라보았고, 크라스도 더 이상은 묻지 않은 채 잠자코 있었다.

침묵을 깬 것은 호로였다.

"내가 들은 이야기로는 안세오는 불로장생의 비약을 구하고 있었다던데."

"부, 불로, 장…?"

"불로장생. 늙지 않고 영원히 젊은 채로 사는 것."

크라스의 입에서는 "아아." 소리밖에 나오지 않는다. 그런 약을 구해서 뭐에 쓰려고?

"쿠쿠. 태어난 지 얼마 안 된 네게는 상상도 가지 않겠지."

크라스가 삐친 듯이 입을 꾹 다물자 호로가 쳐다보았다.

"사람은 다른 생물에 비하면 오래 사는 편이지만, 그래도 늙는 건 순식간이야. 어떻게든 늙는 것을 면하고 싶은 마음은, 물론 나도 이해가 안 되는 건 아니지."

역시 크라스에게는 상상이 안 갔으나 문득 떠오른 것이 있었다.

"호로 씨도 그 방법을 얻기 위해서?"

생각 없이 말하자마자, 실언이었다는 것을 깨달았다.

"아, 호, 호로 씨는 지금 이대로도 아주 젊고 아름답다고 생각, 하지만…."

당황하여 말을 둘러대자, 호로는 약간 놀란 표정을 짓다가 양쪽 송곳니를 내보이며 그니 없이 웃었다.

"너 같은 어린애한테 그런 말을 들어 봐야 근지러워서 못 살아. 물론 내 아름다움이야 영원하지만."

흥, 하며 콧방귀를 뀌고는 꼬리를 파닥대는 것을 보면 정말로 자랑스러운 모양이다.

어쨌거나 노여움을 사지 않아 다행이라며 안도했다.

"뭐, 네 말이 반은 맞기도 해."

"예?"

"그 비약을 나한테 쓰려는 건 아니지만."

그러면서 왠지 쑥스러운 듯 자조하는 듯한 웃음을 짓는 바람에, "그럼 누구에게?"라는 질문은 꺼내려다 끝꺼 삼켰다.

"또 한 가지."

호로는 힐끗 뒤를 돌아보며 말을 이었다.

"아리에스는 태어난 이후로 내내 같은 건물 안에서 살았다는 게 사실이야?"

그 이야기는 호로에게 한 적이 없으니 필시 어젯밤 함께 잘 때 들었겠지만, 왜 그런 걸 확인하려는지 크라스로서는 알 수가 없었다.

하지만 왜 그러는지는 따지지 않은 채 자신이 아는 것만 대답했다.

"…그렇다는 것 같아요. 적어도 주위 어른들은 다들 그렇게 말했어요."

"흐─음."

호로는 흥미가 있는 건지 없는 건지 통 알 수 없는 태도로 고개를 끄덕이더니 한동안 아득한 눈빛을 한 채 가만히 있었다.

"왜 그러세요?"

크라스가 끝내 못 참고 묻자 호로는 역시 아무것도 아니라는 투로 머리를 가로저었다.

"뭐, 됐어. 그보다 안세오가 죽었다니 더는 가야 할 곳이 없겠어. 농담처럼 시작하긴 했지만, 이러면 너희들 여행이나 오래도록 따라다니는 수밖에 없겠네."

"……."

다행히 입 밖으로는 내지 않았으나 '아리에스랑 단둘이 다니는 게 훨씬 좋은데.'라고 생각하고 만 것이 얼굴에 드러났나 보다.

호로가 원망하는 투로 한쪽 눈썹을 치켜떴다.

"물론 내가 얄미운 혹이긴 하겠지. 하지만 노골적으로 얼굴에 그렇다고 쓰면 나도 상처 받아."

"아, 아닙니다. 그런 게 아니라─."

"그럼 계속 따라다녀도 되지?"

씨익 웃으며 그렇게 물으니 도저히 머리를 가로로 흔들 수가 없다.

게다가 짓궂은 호로도 저런 식으로 웃으면 아리에스와 막상막하로 예쁜 것이다.

그래서 크라스가 천천히 고개를 끄덕이자 순간 호로가 깔깔 대며 웃음을 터뜨렸다.

"그래서야 아리에스에게 따귀를 맞아도 할 말이 없겠다."

반짝이는 것 같던 웃음이 히죽 하고 짓궂은 것으로 변한다.

정령님은 사람의 마음을 읽을 수 있나 보다.

"쿠후후. 뭐, 솔직한 것은 어린아이의 특권이니까. 양손에 모두 꽃을 쥐고 싶어 하는 것도, 이 누나들이 너그러이 봐주마."

더는 대꾸하는 것도 귀찮아서 크라스는 달을 향해 시선을 돌렸다.

"그래도, 부럽네."

"……?"

호로는 혼잣말을 하듯 중얼거리더니 몸을 일으켜 털퍼덕 앉았다.

옆얼굴이 조금밖에 보이지 않아 잘 알 수 없었으나, 어딘지 먼 곳을 보는 듯했다.

한동안 그런 자세로 무무히 있던 효로가 문득 돌아보더니 이렇게 말했다.

"예를 들어, 지금 여기에 늑대들이 습격해 온다면 너는 어떻게 할 거야?"

뜻밖의 질문에 놀라긴 했으나, 정령인 호로가 있으니까 걱정할 것 하나 없다.

"호로 씨의 방해가 되지 않도록…."

그래서 바로 그렇게 대답하자 호로는 난감하다는 듯이 웃더니 벌렁 누웠다.

크라스가 순간 몸을 뺀 것은 호로가 크라스의 무릎 위에 머리를 얹었기 때문이다.

"실로 합리적인 대답이긴 한데, 타산적인 수컷만큼 미움 받는 것도 없거든?"

"아, 예에…."

"예에… 가 아니지. 그때는 말이지, 제 몸을 바쳐 당신을 지켜드 리겠습니다 ― 라는 말쯤은 할 줄 알아야지. 자, 해봐."

하며 다리를 두드리기에 '해보긴 뭘 해봐?' 했는데, 생각해 보니 그런 말을 해보라는 뜻인가 보다.

그런 말. 혼자 있을 때 해도 부끄러울 그 말을 호로가 바로 곁에 서 지켜보고 있는 가운데.

하지만 말을 하지 않으면 화를 낼 것 같은 분위기이고, 말할 때 까지 용서해 주지 않을 것 같았다.

그래도 한참 망설이고 있으려니 호로가 일부러 들으라는 듯이 기침을 해서 결국 마음을 정했다. 크라스는 차가운 물에 뛰어들기 전처럼 심호흡을 한 뒤 턱을 쳐들고 눈을 감은 채 말문을 열었다.

"제… 제 몸을 바쳐."

"음."

"…바쳐서…."

"으음?"

"서….'

거기까지 말하고는 머릿속이 새하얘져 버렸다.

그 상태로 말을 잇지 못하고 있으니 호로가 "어이구 참."하며 몸을 일으켰다.

"당신을."

"아, 당신을, 지, 지켜… 드리겠습니다."

해 놓고 보니 짧은 문장이건만 길고도 긴 노래를 시키는 대로 부른 것만 같다.

말을 다 해 놓고도 쳐든 턱은 여전히 쳐든 채, 감은 눈도 차마 뜰 수가 없었다.

바로 곁에서 호로가 이쪽을 쳐다보고 있다는 것이, 뭔가가 뺨을 찌르는 것 같이 똑똑히 느껴졌기 때문이다.

"쿠후. 뭐, 그런 거지."

그러면서 호로가 시선을 돌려준 덕분에 크라스는 비로소 턱을 내린 뒤 물 밖으로 얼굴을 내민 것처럼 있는 대로 숨을 토해냈다.

"하지만, 그래서는 중요한 다음 단계로 가긴 무리지."

"어, 예? 다음?"

"음."

호로의 대답과 행동은 동시였다.

그 직후 크라스는 자신이 눈을 뜬 채로 죽었다고 생각했다.

몸을 꼼짝하기는커녕, 눈도 깜박일 수 없고 숨조차 쉴 수 없게 되었던 것이다.

"쿠후."

그것이 호로의 입에서 새어나온 웃음소리였는지, 아니면 귓속으로 살며시 들어온 가느다란 손가락이었는지 구분이 가지 않았다.

알 수 있는 것은 호로가 자신의 목을 끌어안듯이 두 팔을 감고 있다는 것과, 어깨 위에 머리를 톡 얹었다는 것.

왼쪽 귀 언저리가 정기적으로 저릿저릿 했던 것은 호로의 숨결 때문이었으리라는 건 나중에야 깨달은 사실.

왜 이런 짓을 하는 건가, 하는 생각조차 하지 못했다.

그저 오로지, 괴로우리만치 꿈을 꾸는 기분이었다.

"이대로 물어뜯으면 죽고 말겠지?"

진흙 속에 손을 처박는 것처럼 자신의 머릿속으로 푸욱, 직접 들어오는 호로의 말.

그러면서 농담처럼 말하는 것이 크라스에게는 도무지 농담처럼 들리지 않아, 그제야 목을 돌릴 수가 있었다.

그리고 보게 된— 보름달처럼 아름답고 섬세한 호박빛 눈동자와, 그것만 유독 희고 뾰족한 송곳니.

머리가 어질어질할 만큼 달콤한 냄새.

당장이라도 뒤집힐 것만 같은 시야 속에서, 호로가 새하얀 송곳니를 더욱 잘 보이게 하려는 듯이 입술을 치켜 올리는 것만이 묘하게 또렷이 느껴졌다.

순간 크라스는 자신은 호로에게 잡아먹힐 것이라고 생각했다.

천천히 입 쪽으로 다가오는 호로의 송곳니를 보면서, 그래도 좋을지도 모른다고, 저릿저릿한 머릿속에서 누군가가 속삭인다.

졸음과도 비슷한 느낌에 애써 뜨고 있던 눈꺼풀이 서서히 감긴다.

남은 것은 호로의 달콤한 냄새뿐.

그러나.

"……."

결국 호로는 크라스를 잡아먹지 않았다.

"이크, 이대로 잡아먹을 순 없지."

별안간 어깨에서 머리를 들며 깜박했다는 듯이 말했다.

그 순간, 몇 겹의 엷은 가죽으로 싸여 있던 꿈의 거품이 펑 터진 것만 같았다.

아니, 실제로 튕겨나갔던 것이었다.

잠시 멍하니, 날이면 날마다 먹을 수 있는 게 아닌 좋아하는 과자를 땅에 떨어뜨리고 만 것처럼 호로의 얼굴을 쳐다보았다.

그러자, 호로의 얼굴이 멀어졌다는 사실이 가슴이 찢어지는 듯한 느낌으로 다가왔다.

"우후후후, 그런 얼굴을 하면 다음을 계속하고 싶어지는데?"

호로가 짓궂게 웃으며 검지로 코를 콕 찌르는 바람에 그것이 장난이었다는 것을 알았다.

크라스는 그제야 깨달았다.

자신은 희롱당하고 있었다.

"화내지 마. 그 다음은 네가 쟤한테서 날 지켜 주면 해주지 못할 것도 없어."

"어?"

훈련을 잘 받은 개처럼 크라스는 호로가 턱짓을 한 방향을 쳐다보고 말았다.

"앗."

그리고 그 순간, 크라스의 입은 비명을 지르는 형태로 얼어붙었다.

"아, 아리에…!"

그 다음은 말이 되지 않는다.

눈앞에 있는 것은, 조금 떨어진 곳에서 푹 잠들어 있었을 아리에스의 모습.

몸을 약간 일으킨 채로, 그늘에 숨을 생각인지 모포 대신 로브로 얼굴을 반쯤 가리고 있다. 그런 로브 밑으로 보이는 것은 뭐라말할 수 없는, 표정이 읽히지 않는 무색(無色)의 시선.

능숙기에서 식은땀이 확 솟구치는 것을 느끼자마자 눈이 딱 마주친다. 그러자 아리에스는 야생토끼는 저리 가라로 얼굴을 푹 숙여 버렸다.

왠지 굉장히 난처한 장면을 들킨 것만 같다. 아니, 실제로 난처했다.

무엇이 난처한지는 전혀 모르겠으나, 크라스의 머릿속은 필사적으로 변명할 말을 찾고 있었다.

그 직후, 바로 곁에 있는 호로가 숨을 죽인 채 웃음을 터뜨렸다.

호로가 여전히 감고 있는 양팔을 통해 전해지는 그 큭큭큭 하는작은 소리는 토끼가 위험을 알리는 발소리와 꼭 닮았다.

"시냇의 여노는 생해쑬이 빓아아 더 뿔타오른다고 늘있지."

"그, 그런 거 아닌데."

"그럼 동요할 필요가 없을 텐데?"

할 말이 없게 만든다.

원망하는 눈빛으로 호로를 노려봤으나, 그런 무서운 시선도 봄날의 햇빛으로밖에 여기지 않는 눈치였다.

"이크. 난 귀여운 새끼만 보면 나도 모르게 놀리게 된다니까."

그러면서 호로는 선뜻 팔을 풀고는 "으응―."하며 기지개를 펴더니 꼬리를 파락 파락 크게 흔들었다.

실컷 놀고 난 강아지 같다는 생각이 들었는데, 그런 연상은 틀린 게 아니리라.

자신은 희롱 당했으니까.

"한없이 탐내는 얼굴 하면 못써."

틀림없이 귀를 쫑긋 세우고 있을 아리에스에게 들리지 않게끔 속삭인다. 그리고는 머리를 갸웃거리면서 역시 작은 소리로 말을 이었다.

"이제 잘 알았지?"

"예?"

영문을 몰라 되묻자 호로는 화가 난 얼굴을 했으나, "아, 됐어." 하며 머리를 흔들었다.

"이것만은 말해 두지. 너희들에게 이를 드러내는 것은 늑대만이 아니야. 하물며 아리에스는 어린 아가씨니까."

"예?"

"너한테는 칠칠치 못한 점만큼 애교도 있어. 그러니, 그 다음은 용기만 있으면 돼."

마지막 말은 자리에서 일어나 떠나가면서 크라스의 머리를 마구 쓰다듬으며 한 말이다.

얼결에 확 뿌리쳤으나 호로는 즐거운 듯이 웃으며 아무렇지도 않게 잠자리로 돌아갔다.

그런 동작이 너무도 태연해서, 방금 전까지 있었던 일이 정말로 깜빡 졸다가 꾼 꿈처럼 느껴졌다.

또한, 마지막 말은 또 대체 무슨 소리인지 석연치 않은 채 호로의 뒷모습을 지켜보았다.

그러다 크라스가 고개를 푹 숙인 것은, 그런 갖가지 일보다도 일단은 호로라는 늑대에게서 풀려난 것에 대해 안도의 한숨이 나왔기 때문이었다.

그리고 엉망이 된 머리카락을 다듬으려고 손을 내밀었다가 멈칫 했다.

그것이 마음 깊으로 이어지는 이정표처럼 느껴져서 고치는 게 아까운 기분이 들었던 것이다.

하지만 주저한 것도 한순간.

호로가 잠자리로 돌아가자 뭔가 소곤소곤 이야기를 나누고 있는 두 사람 쪽을 바라본 직후, 아리에스와 아주 잠깐 눈이 마주쳤기 때문이다.

엉망이 된 머리로 그냥 있는 것이 나쁜 짓처럼 느껴졌다.

크라스는 머리를 다듬은 뒤 다시금 한숨을 지었다.

호로와 아리에스는 한동안 재잘거리더니 이윽고 조용해졌다.

그런 틈에 크라스는 잠자리로 돌아갔다.

왜지 엄청 피곤한 기분이 들고, 모든 것이 너무 갑작스러워서 영문을 알 수가 없다.

그래도, 하며 모포 속에서 중얼거렸다.

한 가지 안 것이 있다.

같은 달콤한 냄새라도 호로와 아리에스는 전혀 달랐다.

어느 쪽이 더 좋으냐고 물으면….

크라스는 스스로 묻고는 대답을 하기도 전에 자신의 머리를 때렸다.

밤이 깊어간다.

있는 대로 내쉰 한숨에 모포가 날아갈 것만 같았다.

이튿날은 묘한 죄책감에 아리에스의 얼굴을 제대로 쳐다볼 수가 없었다.

하지만 호로가 말을 잘 둘러대 주었는지 아리에스는 기도를 끝마치자 아무 주저함도 어색함도 없이, 실로 평소처럼 인사를 해주었다.

솔직히 그것에 안도하기는 했으나, 왜 그런지 가슴속에 쓸쓸함이 남는다.

이래서는 마치 아리에스가 오해를 해서 언짢아하기를 고대한 것 같다는 생각이 들어 깜짝 놀랐다.

아리에스의 관심을 끌고 싶었던 건 아니었다며 허겁지겁 스스로 변명을 하다 보니 점점 더 자신이 얼빠진 놈처럼 느껴졌다.

그래도, 하고 문득 생각했다.

시험 삼아 호로와 아리에스를 바꿔 넣어 그런 상황이 됐을 때를 상상해 본다.

상상 속에서 호로는 묘하게 귀여웠다.

"…그렇군."

뭔가 한 가지를 터득한 것 같은 기분이 들어 혼자 고개를 끄덕

끄덕하고 있는데, 별안간 머리를 쿡 찔려 정신이 확 들었다.

고개를 들자 마땅찮은 듯한 호로의 얼굴이 있었다.

"빨리 좀 먹지? 또 네가 꼴찌잖아."

갑자기 쿡 찔려 놀라기도 했으나, 동시에 머릿속도 들킨 건 아닌가 하여 그쪽에 더 당황하고 만다.

호로가 나눠 준 밀빵을 또 한입에 다 넣은 뒤 비밀을 가슴속 깊이 눌러놓는 것처럼 빵을 삼켰다.

"아침 먹는 것도 재주 중 하나냐?"

언제 어젯밤 같은 일이 있었더냐 싶게 흥미 없는 표정으로 호로가 중얼거리려다.

그것이 조금 섭섭했으나, 그래도 머릿속은 들키지 않은 것 같아 안도의 한숨을 쉬었다.

식사를 마치자 또다시 크라스가 전원의 짐을 모두 짊어진 뒤 일행은 걷기 시작했다.

오늘은 호로와 아리에스가 나란히 걷고, 그 앞을 짐을 진 크라스가 걷는 꼴이 되었다.

뒤에서 들려오는 즐거운 대화에 귀를 기울였더니, 아까부터 술 얘기만 하고 있는 것 같다. 방금 전까지는 포도주 얘기로 떠들썩하더니 이번에는 빵에서 제조한 호박빛 술 얘기를 하고 있다.

어쨌거나 저쨌거나 포두주를 앞에 두고 폐베를 맛본 크라스로서는 전혀 재미랄 것도 없는 이야기다.

산딸기를 흐물흐물하게 끓여서 물과 벌꿀을 섞어 만든 주스가 몇 배는 맛있다.

하지만 때때로 들려오는, 작은 새가 지저귀는 듯한 웃음소리가 나는 쪽을 돌아보며 그렇게 말할 배짱이 크라스에게는 없다.

가엾다며 동정하는 웃음을 살 것 같다.

왠지 자신만 소외된 것 같은 느낌에 씩씩대며 앞장서 걸어가자, 뻬죽뻬죽 드러난 바위와 나무들이 눈에 들어왔다.

주변 일대도 초원에서 풀숲으로 변한 느낌이 들기 시작하더니 언덕 위에 오르자 마침내 시커먼 숲이 보였다.

숲은 정면에서 오른쪽으로 펼쳐져 있고, 상당히 멀긴 했으나 작은 산도 보인다.

그에 비해 왼쪽에는 키 높은 풀들이 무성하고, 가만 보니 수면이 언뜻언뜻 얼굴을 내민다. 아무래도 연못인 것 같다.

"경치 한 번 좋다~."

크라스의 옆에 선 호로가 한마디 한다. 그 옆에 있는 아리에스는 손으로 입을 가린 채 놀라고 있었다.

하긴 그러네. 언덕 위에는 몇 번이고 올랐지만 이런 경치는 처음이다.

"경치 좋지?"

하며 놀라는 아리에스를 향해 조금 의기양양하게 말했다가 중간에 서 있던 호로에게 옆구리를 쿡 찔렸다.

그런 호로와 크라스의 곁에서 경치에 넋이 나가 있던 아리에스가 먼 곳을 바라보는 채로 조심스럽게 물었다.

"저어, 저기 저쪽에 보이는 게… 바다, 인가요?"

그러면서 가리킨 것은 연못이 있는 방향.

호로가 대답할 줄 알았는데 크라스를 보면서 즐거운 듯이 웃음을 짓기에 크라스가 대답했다.

"아니야. 저건 연못."

"연못?"

"저수지 같은 건데, 저수지보다 얕거나 진흙이 있기도 해."

아리에스는 그렇구나 하며 고개를 끄덕였다. 진흙 하면 역시 메기이니, 크라스는 그 기묘하게 생긴 물고기를 아리에스에게 꼭 좀 보여줘서 놀라게 해주고 싶다는 생각이 들었다. 그러나 아리에스는 그런 크라스의 생각은 아랑곳없이 "그럼." 하며 말을 잇는다.

"바다도 저런 것인가요?"

"바다는 훨씬 훨씬 큰 거야."

실제루 보 적으 없지만 이야기는 들으 긱이 있니.

그래서 크라스가 양팔을 원을 그리듯 크게 벌려가며 설명을 하자 호로가 불쑥 끼어들었다.

"그건 어느 정도로 큰 건데?"

"예?"

하며 말문이 막혔는데, 아리에스가 연못에서 시선을 이쪽으로 돌려 궁금한 눈길을 보내온다.

크라스는 조금 우물댄 뒤 들은 대로 이야기했다.

"쭈욱, 쭈욱, 오른쪽을 봐도 왼쪽을 봐도, 물론 똑바로 앞을 봐도 쭈———욱 바다밖에 보이지 않을 만큼 커요."

그런 설명에 아리에스는 감탄사 같은 하슴을 흐렸고, 효고ㄴ 호로대로 크라스가 바다를 본 적이 없다는 것을 알아챘는지 히죽히죽 웃고 있었다.

다행히 그 이상은 바다에 대해 묻지 않은 채 아리에스는 "빨리 보고 싶네요."라며 웃으면서 말했다. 크라스는 뜻밖에 보게 된 그 웃음에 멍하니 고개를 끄덕였다가 그만 짓궂은 호로에게 발을 밟히고 말았다.

"저 숲과 연못 사이를 빠져나가면 곧 도시가 나오게 되긴 하지만."

바다에 대한 이런 저런 대화를 나눈 후 크라스 일행은 그 자리에서 점심을 먹기로 했는데, 육포를 씹던 호로가 그렇게 설명했다.

다만, 말투가 좀 의미심장하여 크라스는 되물었다.

"길이 나쁘기라도 한가요?"

"아니, 그 도시에서 이쪽으로 올 때 지나왔는데 그렇게 나쁘진 않아. 숲속을 통과하는 게 단연코 지름길이지만 그건 위험해. 내가 생각한 건 길이 아니라, 그 다음의 일이야."

"그 다음?"

"음. 단적으로 말하자면 너희들 주머니 사정은 어때?"

그 말에 크라스는 한 조각 나눠 받은 육포를 입에 문 채 자신의 짐 속에 손을 쑤셔 넣었다.

저택을 찾아온 나그네들에게서 받은 품삯이 들어 있다.

자루 속을 뒤적거리다 이윽고 동전 다섯 개를 꺼냈다.

죄다 엄지손가락 한 마디만한 작은 크기로, 그 중 세 개는 군데군데 녹색으로 변한 새카만 동전, 나머지 두 개는 붉은 녹이 슨 회색 동전.

모두 오랫동안 애지중지해 온 크라스의 보물이었다.

"호오, 그게 전 재산이야?"

호로가 약간 놀란 듯이 말하기에 크라스는 자랑스럽게 고개를 끄덕였다.

이 정도면 반년은 불가능해도 석 달쯤은 거뜬히 지낼 수 있으리라.

"이게… 돈, 인가요?"

아리에스가 그런 말을 하면서 크라스의 손 위에 있는 동전을 들여다본다.

"맞아."

"돈은 죄악의 근원이라고 배웠습니다. 하지만 생각했던 것과는 전혀 다르네요."

내세 이빈 싯늘 상상했을시 생각하면 그것도 재미있을 것 같다.

하지만 그 다음에 들려온 호로의 말은 한순간 이해가 가지 않았다.

"이래서는 빵 한 조각도 살까 말까 하잖아."

잠시 뜸을 들였다가 "예?"하고 되물었다.

"나도 돈에 대해서는 잘 몰라. 가죽은 좋고 나쁨을 금세 알 수 있으니 귀찮지 않은데…."

호로는 그러면서 크라스와 마찬가지로 자신의 짐을 뒤지다가 속에서 작은 주머니를 꺼냈다.

흰색과 보라색 실로 짜서 만든 끈을 풀더니 내용물을 주르륵 손 위에 올려놓는다.

그것을 본 순간의 충격은, 그야말로 머리를 얻어맞은 것 같았다.

"이것으로 빵을 한 덩어리 살 수 있었어. 이 흰 것으로는 진뜩 살 수 있지. 어때? 나도 자세히는 모르겠지만 한눈에도 차이가 보이지?"

그 말의 의미가 뼈아프도록 와 닿는다.

호로의 손바닥 위에 있는 것은 놀랄 만큼 정교하게 새겨진, 큼지막하고도 두툼한 화폐였다.

그것도 빵을 한 덩어리나 살 수 있다는 것은 예쁜 적자색으로 반짝이고, 잔뜩 살 수 있다는 것은 둔한 흰 빛이 몹시 씩씩하다.

크라스는 자신의 손 위에 있는 것을 들여다보고는, 초라함에 그만 눈물이 날 뻔했다.

"도시라는 곳은 그냥 거기 있기만 해도 돈이 들어. 하물며 너희들은 여행을 계속하기 위해 빵을 사야만 돼. 그러니 어떻게 할 건가 했지."

호로는 주머니 속에 다시 돈을 넣으며 그렇게 말했다.

세상이 넓다는 것을 알게 됐을 때와 마찬가지로 분노와 비슷한 슬픔이 가슴속을 가득 메워나간다.

호로가 잘못한 것이 아니건만 호로가 나쁜 사람처럼 느껴져 뭔가 쏘아붙이고 싶었으나 말이 나오지 않는다.

그럼에도 어떻게든 말을 하려다가 대신 눈물이 날 뻔해진 무렵, 불쑥 끼어드는 자가 있었다.

"빵이란 노동의 열매입니다. 일을 하면 되지요."

그렇게 말한 뒤 지은 웃음은 크라스를 향하여.

마음을 써주고 있다.

얼굴이 확 붉어졌으나 황급히 눈가를 난폭하게 훔치고는 맞아, 하고 생각을 고쳐먹었다.

"마, 맞아요. 일을 하면 돼요."

“흠.”

호로는 웃지도 않은 채 고개를 끄덕였다. 그리고 송곳니를 드러내며 육포를 물어뜯은 뒤 물었다.

“예를 들어 하루 벌어 하루치 식량밖에 못 산다면 어쩔래?”

“이, 일을 많이 하면 되죠.”

자신은 좀 없으나 아리에스를 훔쳐보자 아리에스노 고개를 끄덕이기에 용기를 얻어 호로에게 눈길을 돌렸다.

“많이 일하면? 흠. 그건 맞는 말이지만, 과연 그만큼 일이 있을까?”

이건 호로가 홀리고 있는 것이냐.

직감적으로 그렇게 느끼고 대꾸를 하려는데 호로가 말을 가로막았다.

“도시에는 일을 하려는 어른들로 넘쳐나. 그런 곳에 어린애인 너희들이 가서 일을 많이 할 수 있을까?”

입이 “어.”하는 형태로 굳어 버렸다.

“힘도 없고, 기술도 없는 데다 누구 아는 사람이 있는 것도 아니고. 인간세상에서는 글을 읽을 줄 알면 훨씬 나은 듯한데….”

물론 크라스는 까막눈이지만 아리에스는 읽을 줄 안다는 게 생각났다.

“아리에스는 글 읽을 줄 알지?”

크라스가 그렇게 묻자 아리에스는 희미하게 웃으며 고개를 끄덕였다.

아무 문제도 없다.

그러나 그 직후, 호로가 한숨 섞인 말투로 이렇게 말했다.

"그래서, 아리에스가 열심히 일을 하는 사이에 크라스 군은 뭘 하고 계실 건데?"

푸욱 하고 가슴이 창에 찔린 기분이었다.

"예? 그냥 기다리고 있으면 되는데요."

"그렇다는데?"

가느다란 호로의 눈이 자신에게 쏠리자 크라스는 아랫입술을 깨물고 말았다.

그런 한심한 짓을 어떻게 하겠는가.

"게다가, 글을 쓰거나 읽는 일도 그리 많을 것 같진 않고."

손에 든 육포를 빙글빙글 돌리다가 딱 멈추더니, 물어뜯어 뾰족한 부분으로 뺨을 긁었다. 크라스는 그것을 보면서 왜 호로는 별안간 이런 소리를 꺼내는가 싶어, 거의 반감에 가까운 심정으로 노려보았다.

이래서야 마치 여행을 그만두라고 말하는 것 같지 않은가.

"그래서 말인데, 난 이렇게 생각해."

뭘? 하며 짜증스럽게 속으로 중얼거린다.

호로는 붉은 기가 도는 아름다운 호박색 눈을 먼 곳으로 휙 돌렸다.

"너희들은 이쯤에서 돌아가는 게 어때?"

의표를 찔려 아무런 대꾸도 못하는 사이, 호로가 멀리 두었던 시선을 거둬 다시 이쪽을 쳐다본다.

"물은 저기 있는 연못에서 뜨고, 식량은 내 것을 가져가면 돼. 무리를 해봐야 이득 될 게 없을 거야. 저택에서 쫓겨났다 해도 너희들은 아직 어린애니까 사정을 봐달라고 호소하면 두 사람쯤이야 받아 줄지도 모르지."

너무도 타당한 제안이었으나 그럼에도 크라스는 왠지 모를 분노가 느껴져, 그러겠노라고 고개를 끄덕이지는 못했다.

그리고, 왜 그런지는 이내 깨달았다.

아리에스와의 약속.

둘이서 바다를 보러 가기로 했다.

"무슨 생각을 하는지 한눈에 다 보인다."

그러면서 호로는 어이없는 웃음을 지었다.

"아무 계획도 없는 상태에서 정처 없이 계속 가다가, 얼마 후 먹을 것도 떨어져 돈도 떨어져, 일거리까지 못 구하게 되면 너희늘은 어떻게 할 거야?"

호로가 하는 말은 이해가 된다. 그것이 옳다는 것도 왠지 이해가 되었다.

그래도 이대로 돌아가는 길만은 절대 선택하고 싶지 않다.

"고집이 세군."

호로가 그렇게 말한 직후였다.

"저어."

조용히 아리에스가 입을 열었다.

"저도 가능한 바다를 보고 싶어요. 좀 더 세상을 많이 보고 싶습니다."

크라스는 구원을 받은 기분이 되어 아리에스를 돌아보았다.

호로는 반쯤 감은 눈으로 아리에스를 바라본다. 그래서? 하고 묻는 눈치다.

"하지만 저는 세상에 대해 잘 모릅니다. 호로 씨의 말씀도 전혀 부정할 수 없습니다. 게다가 저는 세상에는 괴롭고 힘든 일이 매우 많다고 배웠습니다."

"흐음."

호로는 만족스럽게 고개를 끄덕였다.

크라스는 소리를 낸 게 아닌가 싶을 만큼 낙담했다.

세상을 많이 돌아보자던 약속이 그 정도밖에 안 되는 이야기였단 말인가, 하고.

그러나 아리에스는 그 후로는 아무 말을 하지 않은 채 갑자기 후드를 벗더니 목을 더듬었다.

"아리에스?"

크라스가 묻는데도 아랑곳없이 계속 그러더니, 이윽고 사슬 같은 것을 잡아 주르륵 당겼다.

옷 속에서 나온 그것은, 메추라기 알 정도 크기의 녹색 돌이었다.

언젠가 영주님의 초대를 받아 저택에 온 어느 여자 귀족이 몸에 주렁주렁 달고 있던 것과 똑같은 것이었다.

나이 많은 어른들, 특히 하녀들에게 들어서 크라스도 알고 있다.

저것은 마을 하나를 통째로 살 수 있다는 보석이다.

"이것은 굉장히 고가품이라던데, 이것으로 빵은 살 수 있을까요?"

크라스는 그 말을 듣자마자 그것 봐, 하는 기분으로 호로를 쳐다보았다.

이래도 아리에스와 여행을 하는 게 무슨 문제 있어?

그러나 아리에스의 물음에 말문이 막혀 있으리라 예상했던 호로의 얼굴은 뜻밖의 표정이었다.

"뭐야. 그렇게 내놓아도 되는 거였어?"

"예?"

한 것은 크라스와 아리에스의 이구동성.

"자고 있을 때 금방 알아봤는데…. 아니, 넌 몰랐냐?"

호로의 말에 크라스는 당황하여 고개를 끄덕였다.

까맣게 몰랐었다.

"푹신푹신에 정신이 팔려 그럴 판국이 아니었나 보지?"

"아, 아니에요!"

싱글싱글 짓궂게 웃으면서 그런 소리를 하는 바람에 버럭 소리를 질렀다.

"뭐, 그건 그렇고. 그걸 내놓아도 된다면 한동안은 걱정 없겠지."

"그럼."

하는 아리에스의 말을 호로가 막아 세웠다.

"정말 그래도 되겠어? 특별한 돌은 어느 시대, 어느 장소이건 특별한 의미를 갖지. 누군가의 유품이라면 다시 생각해 보는 게 나을 것 같은데?"

"아니요. 이걸 누구에게 받았는지는 모릅니다. 다만 어려운 일이 생기면 틀림없이 도움이 될 거라고 사제님께서 말씀하셨습니다. 그리고 지금이 그때라고 생각합니다."

이리에스의 대답에 호로는 콧등을 긁더니, 고심을 하면서 말을 하듯이 천천히 입을 열었다.

"누가 주었는지 몰라? 그 돌, 받침 부분에 글자가 들어가 있던데, 거기에 뭐라고 쓰여 있어?"

"제 이름입니다."

호로의 귀가 쫑긋 섰다.

"이름만?"

"아닙니다. 이름과 짧은 문장입니다. 어…, 나의 딸 아리에스에게 주노라."

순간 호로는 눈이 휘둥그레지더니 콧등에 손을 댄 채 시선을 이쪽으로 돌렸다.

크라스는 '왜요?' 하며 눈으로만 되물었다. '딸에게 주노라' 라고 했으니 분명히 부모님의 선물이리라.

"흠. 그 돌은 정말 고가품이야. 누군가에게 쉽사리 줄 수 있는 게 아니지. 이것만으로도 알 수 있잖아?"

크라스는 "앗." 하는 외마디 소리를 질렀다.

경악과 함께 '설마 그럴 리가!' 하는 생각이 목구멍에 치민다.

호로의 시선이 다시 이쪽으로 쏠렸다. 멍청이, 하며 어이없는 표정이다.

단 한 사람, 아리에스만이 멍하니 호로의 말을 듣고 있었다.

"그걸 누가 줬을 것 같아?"

"예? 그건."

아리에스는 뒤이어 대답했다.

"신께서 주신 것이 아닌지?"

크흑 하며 호로가 이상하게 웃은 것이 느껴졌다.

"왜, 왜 그러시는지요?"

"네가 말하는 신은 손을 더럽혀가며 돌을 파내진 않을걸. 그걸 준 건—."

"영주님이야!"

크라스가 끝내 참지 못하고 말하자 아리에스의 눈이 멀뚱해진다.

"아리에스는 영주님의…."

딸.

그러나 너무 엄청난 일이라 이렇게 버젓이 증거가 있는데도 말이 나오지 않았다.

그러는 바람에 별안간 내린 침묵 속에서, 아리에스는 손에 든 녹색 돌을 바라보며 멍하니 말했다.

"어, 저기, 어? 그럼 영주님이라는 분이, 신?"

"아니야! 아리에스는 영주님의 딸이고, 영주님은 사람이고!"

"어, 어, 하지만—."

곤혹스러워하는 아리에스에게 어떻게 설명을 해야 좋을지 크라스도 알 수가 없어서, 그저 말만 거칠어가는 와중에 호로가 차분히 이렇게 말했다.

"하긴 그렇지. 우리 모두는 신의 자녀. 응?"

그 말에 아리에스는 고개를 끄덕한다.

"흠."

크라스는 그런 건 말도 안 된다고 생각했다.

그래서 더 확실하게 설명을 하려고 하다가 누군가에게 확 멱살을 잡혔다.

다른 누가 있을 리가 없다. 호로다.

"나도 인간의 기분 정도는 알아. 그래도 그건 지금 이 자리에서 말할 게 못 돼."

호로의 말에 압도되어 야단을 맞은 것처럼 목이 움츠러들었다.

그러자 호로는 더 이상은 아무 말 없이 크라스의 목덜미에서 손을 떼더니 '이제 어쩐다?' 하는 투로 한숨을 쉬었다.

"나이를 먹은 자로서 나는 그 돌은 꼭 쥐고 있어야 한다고 생각하는데…."

그리고는 그런 말을 중얼거렸다.

아리에스가 영주님의 딸이고, 그 돌이 영주님에게서 받은 것이라면 이젠 유품인 것이다.

크라스도 그것을 팔아치우게 하면서까지 여행을 할 순 없다. 역시 돌아가는 게 낫겠다.

게다가 아리에스가 영주님의 딸이라면, 다시 저택에 돌아가 지금까지 살았던 생활로 돌아갈 수 있지 않을까.

아까보다는 훨씬 냉정하게 호로의 제안을 다시 생각한 뒤 시선을 땅바닥으로 떨어뜨렸다.

짧은 여행이었지만 즐겁지 않은 건 아니었다.

그렇게 생각하면 조금은 괜찮았던 것도 같다.

크라스는 천천히 고개를 들었다.

"호로 씨, 역시 우리들―."

호로가 돌아보았다.

너무도 재빨리, 게다가 심상치 않은 눈빛으로.

갑작스런 호로의 변화에 크라스는 말을 하다 만 채 호로를 멀뚱히 쳐다보았다.

그러나 호로는 그런 크라스를 보고 있는 게 아니었다.

시선은 크라스보다 훨씬 더 멀리.

지금까지 일행이 걸어온 쪽이었다.

"엎친 데 덮친 격?"

중얼거리자마자 일어섰다.

"호, 호로 씨?"

아리에스는 여전히 말이 없는 채로 곤혹스러워하고 있고, 크라스가 호로의 이름을 불렀다.

그러나 웃는 것인지 아닌지 알 수 없는 그 얼굴에는 예리함만이 상소원 뭉긋니가 느러나 있었나.

"너희들을 쫓아낸 안세오의 동생이라는 자는 인간성이 좋아 보였어?"

여전히 뜬금없는 질문.

그래도 그 질문에는 바로 대답할 수 있었다.

"아니요."

"그럼, 형의 뒤를 잇기 위해 부리나케 저택으로 쳐들어온 자가 핏줄이 존재한다는 것을 알게 되면 어떻게 할까?"

이 질문에는 이내 대답할 수가 없었다.

아니, 대답하고 싶지 않았다.

재산을 에여빌을 끼는 인제든 핑헤지 있니.

"놈들이 눈치 채기 전에 너희들이 길을 떠난 건 행운이었는지도 몰라."

호로는 중얼거리며 웃었다.

"너한테는 칠칠치 못한 점만큼 애교도 있어. 그 다음에 필요한 건 뭐랬지?"

어젯밤 호로의 말이 떠오른다.

숯을 삼킨 것처럼 뱃속이 뜨거워졌다.

"아리에스, 일어서."

크라스는 짐을 한꺼번에 진 뒤 늑대가 습격해 왔을 때처럼 지팡이 대신 쓰는 가지를 움켜쥐고 아리에스를 재촉했다.

"아직 상당히 거리가 있겠지만. 이크, 분위기가 영 심상치 않아. 쫓아오기만 하면 몰라도 둘러싸이면 귀찮아져."

크라스는 한순간 아리에스를 쳐다본 뒤 주먹을 꽉 쥔 채 호로를 다시 보았다.

"숲을 가로지를까?"

그 말에 크라스는 고개를 끄덕였다.

"아리에스."

아리에스는 여전히 혼자서만 상황을 파악하지 못한 듯, 불안스레 녹색 돌을 꼭 쥐고 있었다.

그런 모습은 아무것도 모르는, 아무것도 이해하지 못하는— 그저 평범한 여자아이.

크라스는 술도 마실 줄 모르고, 글도 읽지 못하며, 키도 아리에스보다 작다.

그래도.

"괜찮아. 내가 있잖아."

그렇게만 말하고 아리에스에게 손을 내밀었다. 아리에스는 조금 놀란 듯이 눈이 동그래진다. 호로가 그런 모습을 빤히 바라보고 있는 것이 느껴져 부끄러웠다.

그러나 부끄러워서 손을 빼려고 하지는 않았다.

"…예."

크라스가 내민 손을 아리에스가 가만히 고개를 끄덕인 뒤 잡아 주었으니까.

부드럽고 가느다란, 연약한 손.

"갈까?"

아리에스의 부드러운 이 손은 내가 지킨다.

마음속으로 한 결심이 들린 것처럼 아리에스가 고개를 끄덕였다.

오노가 널티기 시식한나.

크라스는 아리에스의 손을 잡은 채 호로의 뒤를 따라 숲을 향해 뛰어갔다.

달린다기보다 초목 사이를 헤엄친다는 표현이 더 옳았다.

새싹이 나는 계절을 지난 숲은 너무나도 생명력이 넘쳐나, 자신들이 무슨 거대한 생물의 뱃속을 달리고 있는 게 아닌가 하는 생각이 문득문득 들었다.

머리 위에는 무성한 잎들이 덮여 있고, 공기도 답답할 만큼 진했다.

뺨과 머리, 손처럼 드러나 있는 부분은 눈 깜짝할 사이에 쓸린 상처 천지가 되었다. 후드를 뒤집어쓰고 있는 아리에스도 눈가에 움서서 부은 것 같은 쓸린 상처가 생겼다.

하지만 다행히 우거진 키 작은 나무들이나 풀 때문에 길이 감춰져 있을 뿐, 돌과 뿌리가 잘 치워져 있는 좁은 산길이 숲속을 따라 분명히 나 있었다. 앞장서 달리는 호로가 주춤거리는 일 없이 길을 골라 달려 주었기 때문에 그 뒤를 따라 가는 것은 그다지 힘들지 않았다.

만약 호로가 없었다면 어느 것이 길인지 알 수가 없어 틀림없이 우왕좌왕했을 테고, 때때로 발밑을 흐르는 시냇물이며, 풀 사이에 가려져 있는 늪을 미처 발견하지 못해 발이 빠졌을 수도 있다. 생각만 해도 오싹했다. 물이끼가 덮인 나무뿌리를 자칫 밟았다가는 순식간에 부상자가 된다.

숲은 길의 오른쪽이 고지대, 왼쪽이 저지대로 되어 있었다.

오른쪽에서 왼쪽으로 물이 흐르고 있는 곳이 나오면 그때마다 호로가 가르쳐 줘서 신중하게 건너뛰며 앞으로 나아갔다.

그런 와중에도 크라스는 아리에스의 손만은 꼭 잡고 있었다.

꼭 잡지 않으면 숲속으로 빨려 들어갈 것만 같았다.

사실 완만한 초원길을 걷는 것만으로도 벅찼던 아리에스는 상하좌우로 구불대는 숲속 길을 달리고 있는 탓에 점점 헉헉대고 있었고, 크라스가 잡은 손도 차츰 묵직해져 갔다.

그것이 꼭, 뒤쫓아 오고 있는 추격대가 아리에스를 잡아당기고 있는 것만 같아서 아무리 뛰기 힘들어도 크라스는 아리에스의 손을 놓지 않았다. 아리에스 역시 놓치면 큰일이라는 듯이 크라스의 손을 꼭 잡고 있었다.

그런 상태로 대체 얼마만큼 달렸을까.

숲속의 짙은 공기가 목구멍에 달라붙고, 끈적대는 느낌조차 지쳐서 신경을 쓰지 못하게 됐을 무렵, 결국 아리에스가 뭔가를 밟고 땅바닥에 무릎을 꿇고 말았다.

"아리에스!"

크라스는 당황하여 멈춰 선 뒤 돌아보며 아리에스의 이름을 불렀다.

우뚝 선 순간 땀이 솟구친다. 아직 더 뛸 수 있다는 생각이 들긴 하지만 허리부터 아래쪽은 늪 속에 묻힌 게 아닐까 싶은 피로감이 철썩 달라붙는다.

아리에스는 눈도 제대로 깜박이지 못하며 입술을 굳게 다문 채, 자기는 괜찮다는 듯이 고개를 끄덕였다.

절처 괜찮아 보이기 않는데.

그래도 달려야만 하는 현실이 크라스의 손을 멋대로 움직여, 아무리 봐도 기진맥진한 아리에스를 일으켜 세우려는 듯이 잡아당겼다.

자신이 몹시 나쁜 짓을 하고 있는 기분이 들어, 변명을 할 생각으로 크라스는 물었다.

"다리를 삐지는 않았어?"

가까스로 일어선 아리에스는 현기증이라도 일어났는지 한동안 눈의 초점이 맞지 않은 채 비틀거렸으나, 이윽고 다리를 몇 번인가 움직여 보더니 고개를 가로저었다.

크라스의 어깨에서 힘이 빠진다.

그래도 그런 모습의 아리에스에게 "그럼 가자."라고는 말할 수가 없었다.

"왜 그래?"

크라스와 아리에스가 따라오지 않는 것을 알아챘는지 호로가 되돌아왔다.

뒤에서 보고 있을 때는 나는 듯이 걷는 호로도 숨을 헐떡이고 있고, 얼굴에는 약간 쓸린 상처가 나 있었다. 자랑거리인 꼬리도 우거진 풀의 습기 때문인지 부석부석해져 있는 것이 마치 화를 내는 것처럼 보였다.

"아리에스가 넘어져서요."

"…삐지는 않았고?"

그 말에는 아리에스가 다시금 고개를 젓는다.

"그럼 다시 뛰어야 돼. 앞으로도 좀 더 가야 하니까."

정확한 거리는 묻고 싶지 않았다.

만약 반을 넘어섰다면 기운을 북돋우기 위해 이제 반만 더 가면 된다고 했을 테니, 틀림없이 아직 반도 채 가지 못한 것이리라.

하지만 남은 거리는 묻고 싶지 않아도, 추격대와 벌어져 있는 거리는 알고 싶었다.

크라스의 궁금한 시선을 알아챈 호로는 미소를 지으며 크라스의 뺨에 붙어 있던 나뭇잎을 떼어 주었다.

"후후. 왜? 여차하는 순간을 위해 네 손에는 창 대신 지팡이가 들려 있잖아?"

그러면서 짓는 다정한 눈빛이, 무시무시한 사실을 조금이라도 부드럽게 전해 주려고 하고 있는 것처럼 느껴진다. 크라스는 지팡이를 아플 만큼 꽉 쥐며 고개를 숙이는 수밖에 없었다.

"어쨌든 우리가 추격대보다 먼저 도시로 들어가면 일단은 안심할 수 있어. 자, 가자."

호로는 그렇게 말한 뒤 다시 달리기 시작했다.

도시로 들어가면 어떻게든 된다.

그것을 유일한 희망 삼아 크라스와 아리에스도 뛰기 시작했다.

크라스가 모시고 있던 영주님의 저택에는 가축우리 구석의 이가 들끓는 짚단 위에서 돼지와 함께 뒤섞여 자는, 크라스보다도 신분이 더 낮은 사람들이 몇 명이나 있었다. 그들은 전쟁포로이거나 빚에 팔려온, 말도 제대로 통하지 않는 노예들이었다. 포도밭의 버팀목을 수선하거나 황무지를 개간하는 등의 힘쓰는 일을 죽도록 해야 했다.

크라스조차 매일 야단맞는 생활이 싫어서 일주일에 나흘은 확 도망쳐서 버릴까 하는 생각을 할 정도였다. 그들은 실제로 도망치는 경우가 많았고, 그럴 때마다 여행을 떠나고 안 계신 영주님을 대신해 수염이 달린 집사가 갑옷을 걸치고 말에 올라타 그들을 잡으러 쫓아갔다.

그들도 한 가지 희망을 가슴에 품고 도망쳤다고 한다.

어느 도시의 성벽 안으로 도망쳐 들어가면 영주님의 추격대는 도시 안으로 들어가 그 사람을 잡을 수 없도록 정해져 있다는 것이다.

도시의 공기는 사람을 자유롭게 한다.

서툰 발음으로 그런 소리를 중얼거리던 그들의 심정이 지금의 크라스는 아프리만큼 잘 이해되었다.

그럼에도 셋이 도망치면 둘은 잡혀 채찍질을 당하는 일이 다반사였다.

우리도 잡히면 채찍으로 맞게 될까? 아니면 교수형에 처해질까?

채찍이 윙윙 소리를 내면서 노예의 등을 때릴 때의 소리가 귓전에 되살아난다. 마치 등짝에 벼락이 떨어지는 것 같은 소리와 함께 살점과 피, 기름이 튀는 것이 눈앞에 생생히 떠오른다.

크라스는 그런 생각이 떠올라 자신도 모르는 사이에 아리에스의 손을 있는 대로 힘껏 잡고 있었다.

"신께서는 늘 우리를 지켜보고 계십니다."

손을 통해 가슴속의 불안이 전해졌는지, 아리에스는 지쳐서 뺨이 굳어 있음에도 불구하고 상냥하게 그렇게 말하며 미소 지었다.

분발해야 한다.

이를 악물며 크라스는 불안한 상상을 씹어 으깼다.

"가자."

크라스의 말에 아리에스는 고개를 끄덕인 뒤, 처음으로 날갯짓을 하는 작은 새처럼 뛰기 시작했다.

이 깊은 숲을 빠져나가 도시에 도착하면, 그 후에 어떻게 할 것인지 따위는 아직은 아무 생각이 없다.

아리에스가 부모님에게서 물려받은 보석을 팔 것인지, 그렇지 않으면 크라스와 아리에스가 힘을 합해 일을 해서 돈을 벌어 살아갈 것인지.

그것도 아니라면, 물과 식량을 꽉 채운 짐 보따리를 등에 지고 바다로 이어지는 길을 둘이서 걸어갈 것인지.

호로는 이 깊고 어슴푸레한 숲속에서 자신들을 이끌어 주고 있다.

저렇게 작은 등인데도 몹시 믿음직스럽고, 어깨너머로 돌아보며 입술을 씩 치켜 올릴 때면 그 어떤 늑대 떼가 온다 해도 무섭지 않게 느껴졌다.

도시에 도착하면 틀림없이 어떻게든 해줄 것이다. 처음 만난 뒤로 지금까지 여러 가지로 가르쳐 주었으니 앞으로도 가르쳐 줄 게 분명하다.

그러니까 지금은 그저 좌우간 아리에스의 손을 이끌며 달리는 것만 생각하면 된다.

크라스는 등에 진 짐에 찌부러질 것만 같으면서도, 그런 생각을 하며 달리고 또 달렸다.

느닷없이 숲을 갈가리 찢을 것처럼 끔찍한 소리가 들려왔다.

"읏…!"

크라스가 우뚝 멈춰 서는 바람에, 거의 타성적으로 뛰고 있던 아리에스는 크라스의 어깨에 부딪친 뒤 크라스를 약간 추월했다.

"미안해."하고 사과하지 않은 것은 아리에스 역시 어리둥절하여 숲을 바라보고 있었기 때문이다.

닭 모가지를 비틀 때와 같은 날카로운 비명.

새의 울음소리인가.

그렇게 생각한 직후, 다시금 똑같은 비명소리가 나더니 퍼덕퍼덕 하는 날갯짓이 들렸다.

"…새?"

그 자리에 비슬비슬 무너져 내릴 것만 같은 것을 참으며 자신에게 묻듯이 중얼거렸다.

아리에스는 겁에 질린 얼굴로 귀를 막다시피 하고 있다.

그런 뒤로 다시 한 번 날갯짓이 들리자 크라스는 새라고 확신했다.

"아리에스, 괜찮아. 새야."

"…새, 새요…?"

의심하는 눈빛인 것은 그런 소리를 내며 우는 새가 어떤 새인지 통 짐작이 가지 않았기 때문이리라.

크라스는 갓난아기를 채 갈 정도로 커다란 새를 몇 번이나 본 적이 있다. 아마도 그런 종류이겠거니 하고 자신 있게 말할 수 있었으므로 "맞아."라고 하며 아리에스의 손을 고쳐 잡았다.

"그보다 호로 씨를 빨리 쫓아가야지…."

크라스는 그러면서 시선을 앞쪽으로 향하며 걸음을 내딛으려다가 멈췄다.

오른쪽으로 약간 돌아가면서 언덕을 오르는 형태로 되어 있는 길 저편에 호로가 등을 보인 채로 우뚝 서 있었던 것이다.

크라스와 아리에스가 쫓아오기를 기다리고 있는 것처럼은 보이지 않는다.

등을 돌린 채 호로는 약간 고개를 숙인 듯한 자세로, 그러나 귀만은 토끼보다도 기민하게 이리저리 쫑긋대고 있었다.

"호로 씨…."

그렇게 불렀는지 어땠는지 크라스 자신도 알 수 없을 정도로 거의 동시에, 호로가 별안간 이쪽을 돌아보았다.

그렇게 생각한 것은 한순간이었고, 이내 호로의 시선이 크라스와 아리에스를 지나쳐 더 먼 쪽을 바라보고 있는 것을 깨달았다.

자신들이 달려온 길 저편.

그 길 끝을 향해 평온하지 않은 눈길을 주고 있다면, 보고 있는 것은 하나밖에 없다.

크라스가 마른침을 삼키며 호로의 거동을 지켜보고 있으려니, 크라스와 아리에스 쪽으로 미끄러지듯 언덕을 내려왔다. 호로는 눈은 여전히 지금까지 걸어왔던 길 쪽으로 향한 채 말문을 열었다.

"추격대가 안 따라오는 것 같은데?"

"예?"

뜻밖의 말에 호로의 얼굴을 쳐다봤으나, 호로는 여전히 먼 곳에 시선을 집중하고 있는 성내었다.

"무슨 짓을 꾸미고 있는 건가? 하지만…."

"기, 길을 잃었다거나?"

"그럴지도 모르지. 잠깐 보고 올까?"

그러면서 비로소 크라스를 쳐다보는 호로의 얼굴에는 웃음이 떠올라 있었다.

"너희들은 잠시 쉬고 있어. 어차피 이 이상 무리를 하는 건 위험하니까. 걱정 마. 금방 돌아올 테니까."

일방적으로 말한 뒤 크라스의 어깨를 가볍게 두드리더니 원래 왔던 길을 되돌아가 버렸다.

물론 불러 세울 수는 없는 노릇이라, 숲 속으로 호로의 등이 사라져가는 것을 우뚝 서서 바라보았다. 호로 혼자서 괜찮을까 하는 생각도 들었지만, 호로에게 들킨 것처럼 남겨진 것이 무섭기도 하다.

그래도 휴식을 취할 수 있는 것은 감사하다고 생각하며 아리에스를 돌아보다가 크라스는 눈이 휘둥그레져서 외쳤다.

"앗! 아, 아리에스!"

팽팽히 당겨져 있던 실이 툭 끊어진 것처럼 풀썩 엉덩방아를 찧는 아리에스를 간신히 부축해 뒤로 넘어가는 것을 막았다. 아리에스는 거칠지는 않으나 그렇다고 조용하지도 않은 숨을 쉬면서 눈을 감은 채 축 늘어져 있었다.

며칠 전 지쳤는데도 무리해서 걷다가 길 한복판에서 기절을 한 것이 떠올랐다. 그때 느낀 공포는 지금 생각해도 아랫배가 서늘해질 정도다.

크라스가 거의 껴안다시피 하며 얼굴을 들여다보자, 작고 가냘픈 음성으로 "물." 하는 소리가 들렸다.

"물? 자, 잠깐만."

한 손으로 아리에스를 받치며 등에 지고 있던 짐을 내려놓은 뒤 옆구리에 차고 있는 가죽자루를 난폭하게 풀었다. 가죽자루 속의 물은 이제 거의 바닥이 날 것 같았으나 크라스는 주저 없이 아리에스의 입가에 자루 입구를 갖다 댔다.

눈은 여전히 뜨지 않았으나 물이 든 자루의 입구가 입에 닿는 것을 알아채자 아리에스가 조금 입을 벌렸기 때문에 신중히 물을 먹여 주었다.

처음에는 입속이 바싹 말라 있는 탓인지 사레가 들릴 것처럼 보였으나 이내 숨을 들이마시듯이 물을 마셨다.

언제 멈춰야 할지 몰라서 아리에스가 입을 다문 뒤에도 잠시 자루를 기울이고 있는 바람에 물이 흘러넘치고 말았다. 아리에스의 턱과 옷이 젖어 버렸으나 아리에스는 화를 내지도, 놀라지도 않은 채 입으로만 미소를 지었다.

"기분, 나빠?"

크라스가 묻자 아리에스는 고개를 가로저었다.

안색이 특별히 나빠 보이지는 않으므로 믿어도 될 것 같았다.

물을 마셔서 다소 진정이 되었는지 호흡이 서서히 깊어져간다.

이대로 잠이 들어 버릴 것 같은 분위기네, 하는 생각을 하고 있는데 아리에스가 몸을 살짝 틀더니 왼손으로 크라스의 오른손을 잡아왔다.

눈은 여전히 감은 채다.

가볍고도 연약한, 코르크로 만든 게 아닐까 싶은 아리에스의 손을 되잡자 그제야 비로소 눈을 희미하게 뜨고는 살며시 웃었다.

안도하는 듯이 안심한 듯이, 약하디 약하게 어슴푸레 빛을 발하는 인광과 같은 웃음.

그런 웃음을 본 순간, 아프리만큼 가슴이 두근거린다.

크라스가 무의식중에 가슴속에서 솟구쳐 올라온 뭔가를 말로 표현하려 한 순간, 아리에스가 작은 한숨 같은 소리를 냈다.

그것이 하품이었다는 것을 깨닫자 크라스는 정신이 들었다. 힘이 풀리면서 웃음이 나왔다.

"졸려?"

피식 웃었는데, 그게 아리에스에게는 조금 부끄러웠던 모양이다.

입술을 약간 삐죽했다.

"잠깐이라도 자면 나아."

아리에스의 턱에 묻은 물방울을 닦아 주며 속삭이듯 말했다.

피로라는 것은 아주 잠깐이라도 수면을 취하면 깜짝 놀랄 만큼 풀리게 돼 있다.

그런 말을 하지 않아도 수마는 아리에스를 놓아주지 않을 테지만, 그 소리를 듣자 아리에스는 잠시 뜸을 들인 후 예의 바르게 천천히 고개를 끄덕였다.

그런 후 편한 자세를 취하려는지 크라스에게 기대듯이 한 때에는 이미 잠이 든 후였는지도 모른다.

부드러운 아리에스의 몸이 품안으로 잠겨 들어왔다.

키는 아리에스가 약간 컸으므로 자칫 밀려 넘어질 수도 있었으나, 그것만은 사나이의 오기로 면했다.

가능하면 이대로 푹 자게 해주고 싶지만 그것은 어려우리라. 하다못해 호로가 돌아오는 것이 조금 늦어졌으면 하는 마음이 들기도 했다.

그러면서도 동시에 크라스의 마음속은 호로가 어서 빨리 돌아왔으면 싶기도 했다.

숲속은 너무도 어슴푸레하고 너무도 조용했다.

호로가 혹시 이대로 돌아오지 않으면 어쩌나 불안해진다. 물론 불안해 한들 뾰족한 수가 없다는 것은 안다.

그러니 겁을 내 봐야 손해다.

크라스는 머리를 털어 그런 꺼림칙한 생각을 쫓아낸 뒤 스스로를 북돋우려는 듯이 크게 한 번 심호흡을 했다.

그러나 막연한 불안감은 대충 머릿속에서 쫓아낼 수 있었어도, 눈앞에 닥친 온갖 일에서는 도망칠 수가 없다.

아리에스에게 물을 먹인 채로 방치한 가죽자루도 이제는 텅 비어 납작해져 있다.

어디서든 물을 좀 떠 와야 할 텐데. 안 그랬다가는 혹시 또 노숙을 하게 됐을 때 목이 말라 잠을 잘 수 없게 될지도 모른다.

게다가 물 생각을 했더니 견딜 수 없이 목이 말랐다.

품안에서 토끼처럼 잠든 아리에스를 바라보며 잠시 고민한다.

지금까지 달려오는 도중에 숲속 전체가 물에 잠기지는 않을까 싶을 만큼 수많은 시냇물을 뛰어넘어 왔다. 이 근처에도 찾아보면 시냇물을 금세 발견할 수 있을지도 모른다.

그런 생각을 하기 시작했더니 더 이상 가만히 있을 수 없게 되었다.

갓 구워낸 촉촉한 빵 같은 아리에스의 손을 놓는 것이 쉽지는 않았으나, 크라스는 아리에스의 손가락을 천천히 풀어 팔을 뗀 뒤, 어깨를 받쳐 주기 위해 짐 보따리를 신중하게 갖다 댔다.

약간의 죄책감이 들긴 했으나 맹렬하게 솟구치는 갈증을 당해 내진 못한다.

아리에스가 얌전히 자고 있는 것을 확인한 뒤 크라스는 가죽자루를 손에 들고 일어섰다.

눈을 한 번 깜박일 때마다 목구멍 속이 타는 것만 같다.

있지도 않은 침을 수도 없이 삼키며 상상 속에서 시원한 물을 마신다.

시선을 빙그르 돌려, 혹시 물을 좋아하는 식물이 나 있지 않은지 주위를 살폈다.

아리에스에게서 너무 떨어지면 안 될 것 같아 곰처럼 빙그르 원을 그리듯 찾다가 목적했던 것을 이내 발견했다.

약간 떨어져 있는 거목에 푸릇푸릇 이끼가 끼어 있다 싶더니 그 뒤쪽으로 물이 찔끔찔끔 흐르고 있는 것이다.

하지만 이렇게 새듯이 흐르는 양으로는 가죽자루를 채우기는커녕 마시기에도 성에 안 찬다.

잠시 주저한 뒤 크라스는 물이 흘러내려가는 방향으로 걸음을 옮겼다.

물은 언덕을 타고 천천히 흘러내려가고 있었다. 길도 그다지 나쁘지 않다.

이끼에 발이 미끄러지지 않도록 주의하면서 내려가자 이내 작은 벼랑이 나왔다.

그 밑을 내려다보자마자, 환호성을 지르기보다 어떡하면 저기로 내려갈 수 있을까 하는 마음이 앞서 주변을 살폈다.

크라스의 키만큼도 안 될 야트막한 벼랑 밑에는 이곳저곳에서 흘러든 물이 모여서 생긴 건지 꽤 큰 연못이 있었던 것이다.

물은 매우 맑고, 바닥은 모래가 깔려 있는 것 같았다.

일단 크라스는 성급한 마음을 진정시키면서 풀을 헤쳐 가며 벼랑을 빙 돌아 내려갔다. 돌과 바위가 갑자기 많아지자 발밑을 조심하며 연못으로 다가갔다가 깨달았다.

크라스가 방금 전 연못을 내려다봤던 곳은 동굴의 바로 위였고, 연못은 그 동굴 속에서 이어지고 있었다.

동굴 입구는 크라스가 몸을 구부려도 들어가기 힘들 만큼 좁은 데다 안쪽이 어디까지 이어져 있는지 알 수 없다.

어쨌든 지금 정신이 팔려 있는 것은 연못물이다. 물이 어찌나 깨끗한지 잠이 확 달아날 정도였다.

그 자리에 당장 무릎을 꿇고 앉아 일단 한 모금.

그때의 기쁨을 어떻게 표현하면 좋을지 크라스는 알 수 없다.

맑고 찬 물을 정신없이 마셨다.

얼마나 정신없이 들이켰는지 숨을 쉴 수 없게 된 후에야 얼굴을 들고 있는 대로 트림을 한 뒤 한숨을 푹 쉬었다.

꼭 겨울날의 우물물처럼 찼다.

그런 물속을 크라스는 전혀 신경 쓰지 않는다는 투로 작은 물고기가 헤엄치고 있었다. 우아하게 헤엄치던 물고기는 한동안 연못 한복판을 왔다 갔다 한 후, 동굴 속으로 쏙 들어갔다.

그러는 데 밀긴이 풀린 식우 백이 탁 풀린 반속감 속에서 멍하니 그 모습을 지켜보았다.

그러다 정신이 번쩍 든 순간, 자신이 졸고 있었다는 것을 깨닫고는 허둥지둥 입가를 닦은 후 머리를 때렸다.

이런 데서 잤다가는 돌아온 호로에게 야단맞는다.

크라스는 재빨리 가죽자루를 채운 뒤 허리춤에 찼다.

그런 뒤 다시 한 번 입을 축이려고 몸을 숙인 그 순간.

"……?"

뭔가가, 어디선가 쳐다보고 있는 것 같은 느낌이 들었다.

아리에스의 곁에 없어서 호로가 자신을 찾으러 온 건가 하여 주위를 다시금 둘러보았으나 호로의 모습은 보이지 않는다.

연못 주위는 키 높은 풀이 나 있었지만 시야가 그리 나쁜 것도 아니다.

숨어 있을 데도 없거만, 시선의 주인이 눈에 띄지 않는다.

"기분, 탓인가…?"

자신을 다독이듯이 중얼거린 후, 사실은 뒤쪽이 신경 쓰이면서도 연못을 향해 바로 돌아서서 슬금슬금 맑은 물에 입을 대다가 알아챘다.

동굴에서 반원형으로 펼쳐져 있는 연못의 왼쪽에 조용히 서 있는 동물이 있는 것이다.

"……."

이쪽을 빤히 쳐다보고 있는 것은 아직 몸에서 반점이 채 사라지지 않은 새끼 사슴이었다.

벼랑과 비슷한 털색깔이 보호색 역할을 해서 알아채지 못했나 싶으면서도, 머릿속으로는 분명히 그쪽에 새끼 사슴 같은 건 없었다는 결론을 내렸다.

숲속에 있으면 으스스한 일이 자주 일어난다는 겁나는 이야기가 생각났다.

하지만 새끼 사슴은 괴물로 변하지도 않은 채 이쪽을 쳐다보고 있다. 어쩌면 사람을 보는 게 처음이라 신기해 하고 있는지도 모르겠다는 생각이 들었다.

크라스는 새끼 사슴이 있는 쪽을 훔쳐보듯이 살피면서 재빨리 물을 마시고 일어났다.

새끼 사슴은 도망치려는 몸짓조차 보이지 않는다.

굳이 말하자면 귀엽게 생긴 사슴이건만, 꼼짝도 않고 새카만 두 눈으로 쳐다보니까 왠지 모르게 등줄기가 서늘해진다.

물론 빤히 쳐다보기만 할 뿐이지, 으르렁대며 덮쳐올 리도 없으므로 겁을 낼 필요는 없다. 마음속으로 자신을 그렇게 타이른 뒤 크라스는 얼른 뒤로 돌아 거의 도망치다시피 달렸다.

연신 돌아보며 혹시 쫓아오는 게 아닌지 바보 같은 망상을 하면서도 다리는 부지런히 놀렸다.

　그리 먼 거리도 아니었건만 아리에스가 있는 곳으로 돌아오자 마음이 놓였다.

　아리에스의 곁에 호로의 모습도 보이는 것이 다행인지 불행인지는 알 수 없었지만.

　"숲속에서 괴물이라도 봤다고 하고 싶은 얼굴이네?"

　"……."

　놀리는 듯한 웃음에는 약간 울컥했으나 그래도 역시 호로를 보니 불안이 가시는 것 같았다.

　"물 떠왔어요."

　"음, 그래?"

　호로는 중얼거리면서 잠들어 있는 아리에스의 앞머리를 가볍게 만지작댔다.

　저러다 깨면 어쩌려고, 하는 한편 호로의 아름다운 손가락이 아리에스의 살랑살랑한 앞머리를 만지작대는 것을 계속 보고 싶기도 하여 마음이 복잡하다.

　"…줄래?"

　"예?"

　느닷없는 호로의 목소리에 크라스는 정신을 차렸다. 호로는 눈을 약간 가늘게 뜬 후 머리를 갸웃하며 다시 한 번 말했다.

　"물 좀 줄래?"

　"아, 예, 예!"

　앉지도 않은 채 멍하니 서 있던 크라스는 허둥지둥 호로에게 가죽자루를 내밀었다.

그냥 봐줄 호로가 아니다.

"너도 해줬으면 좋겠냐?"

흰 이를 물에 적신 채 눈웃음을 짓는 그 얼굴에 마른침을 꿀꺽 삼키고 만다.

물론 오기로라도 고개를 끄덕이진 않았지만.

"그, 그보다 추격대는요?"

호로에게서 약간 떨어진 곳에 앉아 크라스는 강한 어조로 물었다.

호로에게 놀림을 당한 것이 화가 나기도 했지만, 강한 어조로 묻지 않으면 왠지 마음 약한 소리를 하고 말 것 같아서다.

크라스의 말에 귀를 두세 번 쫑긋거리며 가죽자루 속을 들여다보듯 한 뒤 호로는 "흠." 하고 조그맣게 말했다.

"없었어."

"예?"

"없었어."

잠시 호로가 한 말의 의미를 생각했다. 그것이 가리키는 사실은 단순하다는 것을 깨닫자, 놀라서 다시 외쳤다.

"그렇다는 건. 저기, 그, 우리들은…!"

"살았다고 하기엔 아직 이르지만 당장 붙잡힐 위험은 사라진 것 같아."

크라스는 한숨인지 뭔지 자신도 알 수 없는 숨을 푹 쉬었다. 어깨에서 비슬비슬 힘이 빠진다.

등뼈 속에서 뻣뻣하게 굳어 있던, 단단한 막대 같은 것이 하나

뚝 부러진 것 같은 기분이었다.

호로는 그런 크라스의 모습을 보며 소리 없이 웃었다.

그래도 아리에스의 앞머리를 가볍게 쓰다듬으며 웃는 호로의 얼굴은 놀리는 투가 아니다. 꼭 집어서 말하자면 다정한 얼굴, 크라스를 칭찬하는 듯한 얼굴이었다.

"숲 바깥으로 기고 있는 놈들도 있을 테니까 아직 완전히 안심할 순 없지만. 뭐, 일단은 우리가 한발 먼저 숲을 지나 도시로 들어가겠지."

호로가 위안 삼아 하는 말 같지는 않다.

크라스는 그 말을 곧이곧대로 믿고 고개를 끄덕인 뒤 일어붙었던 발을 쭉 폈다.

"조금 쉴까? 상당히 강행군을 해왔으니까."

"그러게요…."

그 말도 이미 하품을 섞어가며.

호로는 '저런 저런.' 하는 투로 웃으며 코를 비비더니 훌쩍 일어나 크라스 곁에 와 앉았다.

"그렇게 경계할 거 없어."

그런 말을 한들 큭큭거리며 숨죽여 웃는 호로의 얼굴을 불신의 눈으로 보지 않을 수가 없다.

물론 그렇다고 주눅들 호로도 아니다. "지." 라는 말이 들린 순간, 크라스의 머리는 호로의 무릎 위에 얹혀 있었다.

무슨 마술 같다. 분명히 그런 걸 거라고 생각했다.

왜냐하면, 크라스는 얼굴이 새빨개질 정도로 부끄러웠으면서도 거기에서 몸을 일으킬 용기가 나지 않았기 때문이다.

"자면 힘이 좀 돌아올 거야. 아직은 얼마간 더 가야 하니까. 그러려면 자 두는 게 좋아."

그러면서 호로는 머리를 쓰윽 쓰다듬었다. 목덜미에 스멀스멀한 느낌이 드는 것이 몹시 기분 좋았다.

게다가 호로의 말은 핑계로 대기에도 아주 좋다.

크라스는 호로의 무릎 위에서 고개를 끄덕였다.

하지만, 그 후 이어진 호로의 말에 멈칫 한다.

"경우에 따라서는 기진맥진한 아리에스를 네가 업고 가야 할지도 모르니까."

그 이름에 잠이 확 달아나 아리에스 쪽으로 시선을 돌렸다.

크라스의 손을 잡자 불안한 얼굴에서 안도하는 웃음으로 표정이 확 바뀌던 아리에스의 그 왼손은, 지금은 가볍게 쥐어진 채 아무것도 잡고 있지 않다.

아마도 아리에스는 꿈속에서 크라스의 손을 아직도 잡고 있을 것이다.

그런 생각이 들자, 그런 아리에스의 눈앞에서 호로의 무릎을 베개 삼아 자는 것이 너무도 나쁜 짓처럼 느껴졌다.

그래서 크라스는 머리를 들려 했다.

그것을 막은 것은 다른 누구도 아닌 호로의 손이었다.

"큭큭큭…. 하여간 넌 예의 바른 수컷이로구나."

머리를 들려는 것을 팔꿈치로 관자놀이를 누르더니 턱을 받쳤다.

놀랍기도 하고 화가 나기도 하는 한편, 아쉬운 마음도 섞인 채 팔꿈치에서 벗어나려 애쓰자 아플 만큼 꾹 찍어 누르는 바람에 포기했다.

"굳이 내가 수를 쓸 필요도 없었나 보네."

"예?"

"아무것도 아냐. 그냥 혼자 한 소리야. 그보다."

호로는 그러면서 팔꿈치를 치웠다. 크라스는 기가 막힌다는 투로 머리를 들려 하자 호로가 한마디 더했다.

"난 지기 싫어하는 성격이거든?"

사르륵 하는 감촉을, 들다 만 머리와 호로의 무릎 사이에서 느꼈다.

베개 대신엔 그 무슨 깃을 한 만기 이고 생각할 틈도 없었다.

귀와 뺨을 간질이는 폭신폭신한 느낌과, 바로 곁에서 느껴지는 농밀한 호로의 냄새.

머리 밑에는 호로의 복슬복슬한 꼬리가 있었다.

"우후후후, 이래도 머리를 들 테냐?"

'저항하기 힘든 매력'이라는 말은 아마도 지금 자신의 머리 밑에 있는 따스한 꼬리의 감촉을 가리키는 걸 거라고 크라스는 생각했다.

거기에 한술 더 떠, 호로의 손이 머리를 쓰다듬는다.

저항이라니 가당치도 않다.

목에서 힘을 빼자 호로의 베개 위로 머리가 툭 떨어졌다.

"뭐, 이런 거지."

뿌듯해 하는 호로의 말과, 눈앞에 있는 아리에스의 잠든 모습.

"안심해. 아리에스가 깨어나기 전에 깨워 줄 테니까."

왠지 자신이 굉장히 추잡해진 것만 같은 기분이 들어 서글펐으

나, 가장 서글픈 것은 호로의 그 말에 정말로 마음이 놓였다는 것
이다.

하지만 자신의 한심함에 당장이라도 눈물이 날 것 같은 크라스
의 귓가에 입을 가까이 대며 호로가 속삭인 말은, 약간 놀리는 빛
이 섞여 있긴 했어도 거짓말을 하는 것 같지는 않았다.

"약간은 빚을 진 듯해야 상대방에게 잘해 주게 되는 법이거든."

"예…?"

말뜻을 잠시 생각한다.

호로는 자신을 현랑이라고 칭했다.

정말 그런 것 같다.

눈을 뜨면 아리에스에게 잘해 주자.

그런 변명을 마음속으로 중얼거리자, 호로의 꼬리 위에서 아주
푹 잘 수 있을 것 같은 기분이 들었던 것이다.

크라스는 그로부터 얼마 되지 않아 캄캄한 어둠 속 밑바닥으로
꺼져들었다.

"자, 어디, 그럼 다음은…."

하며 호로가 혼잣말처럼 중얼거린 느낌이 든다.

그러나 그것이 잠이 막 들면서 꾼 꿈이었는지 어떤지는 결국 알
지 못했다.

호로와 아리에스가 무슨 말을 나누고 있는 기분이 들었다.

무슨 말을 하는지는 잘 모르겠으나, 적어도 '이건 꿈이 분명해.'
하는 생각이 들긴 했다.

왜냐하면 아리에스가 일어나기 전에 자신을 깨워 주겠다고 호로가 그랬으니까.

그러니 호로의 복슬복슬 따스한 꼬리 위에서 번쩍 소리가 날 듯한 기세로 눈을 떴을 때, 이쪽을 물끄러미 들여다보고 있던 아리에스가 깜짝 놀라 움찔하는 것을 본 순간, 크라스가 가장 먼저 떠올린 것은 '호로, 이 배신자!' 라는 말이었다.

"잠꾸러기가 일어났으니 이제 가 볼까?"

"……."

사죄를 받아내는 것은 물론이고, 규탄의 기회조차 얻지 못한 채 크라스가 심을 싫어지자 일행은 걷기 시작했다.

시간적으로는 아주 잠깐이었던 모양이다. 크라스가 느끼기에도 돌멩이를 던져 밑으로 떨어진 시간만큼만 잔 것 같았다.

그래도 피로는 꽤 많이 풀렸고, 그것은 아리에스도 마찬가지인 듯했다.

그러나 아리에스가 강아지마냥 의지해 온 것을 내팽개친 채 자신은 호로의 꼬리 베개 위에서 자고 있었으니, 상쾌한 기분과는 거리가 멀다.

기분이 상쾌하기는커녕 막 걷기 시작했을 무렵에는 암담한 나머지, 방금 전까지 더할 나위 없이 편안한 잠자리를 제공해 준 호로의 꼬리가 미워 죽을 지경이었나.

무슨 낯으로 아리에스에게 말을 걸어야 할지 모르겠다. 왜 호로는 깨워 주지 않았느냔 말이다.

크라스는 그런 암울한 기분에 찌부러질 것만 같았던 탓에 한동안 그것을 알아채지 못했다.

그리고 알아챈 직후에는 놀라서 조그맣게 "아." 소리가 나왔다.

다름 아닌 아리에스가 크라스의 손을 잡았기 때문이다.

"떨어지면 안 된다고, 호로 씨가."

진지한 얼굴로 말하는 것이다.

물론 아리에스가 화를 내지 않는 것에는 내심 안도의 한숨이 나왔다. 화를 낼 줄만 알았는데.

"이것은 신께서 주신 시련이라 하니까요."

그 말을 하면서만은 약간 애매한 표정을 지으며 호로 쪽을 힐끗 보았다.

크라스는 그 말의 의미를 생각하며 흔들흔들 대는 호로의 꼬리를 노려보았다.

정말이지 괜한 참견이다 싶다.

하지만 이런저런 생각도, 걷기 시작하여 피로가 느껴질 무렵에는 머릿속 한구석으로 쫓겨나 있었다.

모두들 묵묵히 걸었고 숲 또한 고요했다.

영주님의 저택 근처에 있는 숲은 조금만 걸어 들어가도 온갖 동물들을 만나게 되는데, 이 숲에서 제대로 모습을 본 것은 그 연못가에 있던 새끼 사슴 정도다. 그 외에는 기척조차 느껴지지 않는다.

원래부터 그런 숲인지도 모른다는 생각을 한참 하고 있다가 문득 고개를 들었다.

다람쥐나 다른 작은 동물들이 머리 위 나뭇가지 사이를 뛰어다니나 보다 했다.

그것이 착각이라는 걸 안 것은, 나무가 쓰러져 만들어진 숲속

나무 우산의 틈새로 똑 똑 비가 떨어지는 것이 보였기 때문이다.

"비가 오나? 뭐, 이 정도쯤은 숲속을 걷고 있으면 젖진 않겠지."

호로가 말한 대로 이따금씩 작은 물방울이 콧등을 칠 뿐, 머리 위를 두껍게 덮고 있는 나뭇가지와 잎들의 틈새로 비가 내리는 일은 없었다.

하지만 비가 온다는 것을 알게 된 후로는 숲속에 묘한 정적이 감돌기 시작했다.

너무 조용해서 아무리 먼 거리에서 바늘이 떨어진대도 들릴 것만 같은 그런 정적이 아니라, 납으로 만든 뚜껑으로 귀를 덮은 것만 같은 고요함이다.

자신의 숨소리는 잘 들려도, 바로 곁에 있는 아리에스의 옷 스치는 소리는 들리지 않는다.

비오는 날 특유의 그런 균형이 맞지 않는 고요함이 주위를 답답하게 채우고 있는 느낌이었다.

크라스는 비오는 날 태어난 아이는 웃지 않는다는 이야기를 들은 적이 있다.

영주님이 기르는 양봉 상자의 관리인이 말이 없고 무뚝뚝한 것은 비가 추적추적 내리는 낮에 태어나서 그렇다는 것이 한결같은 소문이었다.

숲속은 여전히 잎사귀며 고사리, 이끼의 초록빛으로 넘쳐나면서도 약간 부옇게 보였다.

왠지 모르게 기분 나쁜 분위기라 크라스는 아리에스의 손을 꽉 쥔다.

아리에스도 불안한지 같은 세기로 손을 꼭 잡아왔다.

그 순간 크라스는 시선을 훌쩍 앞으로 돌렸다가 또 그것을 보았다.

나무가 우거진 너머. 그 앞에 있는 것이 무엇인지 대충 보이는 장소.

작은 지붕처럼 가려져 있는 곳에 서서, 짚으로 만든 인형처럼 이쪽을 내려다보고 있는 것이 있었다.

사슴이다.

호로는 알아채지 못한 것 같고, 크라스도 착각한 건가 싶어 다시 한 번 쳐다봤을 때 사슴의 모습은 없었다.

왠지 꺼림칙한 한기가 그때에 품이 약간 부르르 떨렸다.

그런 소리를 입에 담고 싶지 않아서, 아마도 사슴을 보지 못했을 아리에스에게도 아무 말 하지 않았다.

아니나 다를까, 그 후에는 호로와 아리에스 모두 말없이 걸었다.

침묵에 재촉된 것처럼 호로가 내딛는 발걸음이 서서히 빨라져 갔다.

호로의 말로는 추격대는 오지 않고 있다니까 조금 천천히 가도 될 것 같으면서도, 비 내리는 숲속에서 노숙을 하게 되는 건 생각만 해도 소름이 끼친다. 추격대에게 붙잡히느냐, 어두운 숲에 붙잡히느냐 하는 문제라고도 할 수 있을 깃 같다.

크라스는 아리에스의 손을 잡아끌며 어떻게든 호로를 뒤따라가려고 애를 썼으나 시간이 흐르면 흐를수록 아리에스는 피로가 누적되어 발이 느려진다.

호로가 몇 번인가 이쪽을 돌아보며 마땅찮은 표정을 지었다.

그것을 보며 크라스는 며칠 전에 자신도 아리에스에게 저런 표정을 지었던가 하는 생각이 들었다.

　　그래서 크라스는 아리에스를 재촉하는 대신 이렇게 말문을 열었다.

　　"아리에스는 바다 말고 달리 또 뭐가 보고 싶어?"

　　그렇게 물은 크라스 자신도 세상에 무엇이 있는지 잘 모른다.

　　그럴 수만 있다면, 하늘을 떠받들고 있다는 높다란 나무라는 것을 한 번 보고 싶었으나 그건 아무래도 무리이리라.

　　"바다 말고… 요?"

　　지치긴 했어도 말투에는 아직 기운이 약간 남아 있었다.

　　무엇보다 크라스가 말을 걸어 주자 빈곤한 표정 속에서도 명백히 안도하는 빛이 보였다.

　　"불을 뿜는 산이라든가, 하늘에서 강이 떨어져 내리는 곳도 있다던데."

　　아리에스는 후드 속에서 고개를 갸웃한다.

　　상상이 가지 않는 눈치였으나 크라스 역시 잘 상상되지 않는 것이라 뭐라 할 수는 없다.

　　잘난 척하는 것은 그만두고 알고 있는 것을 설명하려 했다.

　　"으─음…. 그럼, 보리밭은 본 적 있어?"

　　"보리밭?"

　　"응. 보리는 알아?"

　　고개를 끄덕한다.

　　"그게 전부 열매를 맺으면 주변 일대가 황금빛 융단처럼 돼."

　　이것은 아리에스도 상상이 가는 모양이다.

126

눈이 휘둥그레지더니 먼 산을 바라보는 것처럼 멍하게 섰다가 하마터면 발을 헛디뎌 넘어질 뻔했다. 그러면서 "보리밭…"하며 확인하듯이 중얼거렸다.

"멀리서 보면 폭신폭신해 보여서 풍덩 뛰어들고 싶어지는데, 막상 뛰어들어 보면 전혀 폭신폭신하지 않아. 게다가 보리가 왕창 쓰러지는 바람에 어른들한테 두들겨 맞았어."

크라스가 그렇게 말하자 아리에스는 약간 놀란 뒤 웃었다.

손위 누나 같은 웃음이었다.

"그래서 반성했어요?"

"반성 했어."

솔직히 대답하자 "그럼 신께서도 용서해 주실 거예요."라며 미소 지었다.

하지만 크라스는 그런 아리에스의 얼굴을 도저히 쳐다보지 못한 채 당황하여 얼굴을 돌린 뒤 화제를 바꾸었다.

"그, 그밖에 배 같은 것도 있고."

"배는 알아요."

"어? 그래?"

바다도 모르면서, 하는 말은 가까스로 집어삼켰다.

"세상을 뒤덮은 대홍수가 일어났을 때, 의인들만 태우고 하늘나라로 데리러 온 발신이시죠."

다리가 지쳐 걸음이 영 시원찮은 데 비해 조금도 흐트러짐 없이 말하는 아리에스의 얼굴은 약간 의기양양했다. 신에 대한 이야기를 할 때와 비슷한 표정이다. 크라스는 그런 얼굴은 별로 마음에 들지 않는다. 그래도 지금처럼 약간 의기양양한 아리에스는 바보 같아서 좋았다.

"내가 아는 배는 하늘을 날지 않는데?"

"──?"

동그래진 눈으로 쳐다보니, 온 세상의 배에 대해 다 아는 것도 아닌 크라스는 약간 불안했으나, 거침없이 앞장서 걸어가는 호로의 등을 바라본 뒤 이렇게 대답했다.

"강과 호수 같은, 여하튼 물 위에 떠서 사람을 태우거나 말을 운반하는 거야."

"물 위에?"

"그래."

"가라앉지 않나요?"

크라스도 처음 배를 봤을 때는 혹시 가라앉지 않을까 하여 불안해서 견딜 수가 없었다. 하지만 가라앉지 않는 배를 실제로 본 적이 있었기 때문에 이것만은 가슴을 펴고 당당히 대답할 수 있다.

배가 하늘을 나는 것은 믿어도, 물에 떠다닌다는 것은 의심하는 게 재미있었다.

"가라앉지 않아. 수없이 많은 사람들이 몇 사람이나 달라붙어 간신히 끌어올릴 만큼 무거운 보릿자루를 몇 자루씩이나 실어도 배는 가라앉지 않아."

크라스가 그렇게 말을 하자 아리에스는 의심스러운 눈빛을 하면서 단정하고 조그만 입술을 약간 삐죽하더니 "거짓말 하면 못써요."라고 말했다.

놀리는 줄 아는 모양이다.

그래도 크라스가 피식 웃고 만 것은, 그 말이 굉장히 간지럽게 들렸기 때문이다.

"거짓말 아니야. 내가 이 두 눈으로 직접 본 거니까."

"악마의 소행인지도 몰라요."

"그럼 배를 봤을 때 물 위에 떠 있으면 어떡할래?"

아리에스는 입을 꾹 다물었다.

아리에스의 머릿속에는 다른 사람의 말을 술술 받아들이는 부분과, 괜한 고집을 부리며 거부하는 부분이 있는 모양이다.

그리고, 바로 지금이 아리에스가 고집을 부리는 때인 것 같다.

그러니 당연히 이기는 내기를 제안한 쪽의 우월감에서랄까, 크라스는 고집을 부리는 아리에스가 몹시 귀엽게 보였다.

"마, 만약 떠 있다면…."

"떠 있다면?"

웃으면서 아리에스를 바라보자 아리에스도 점차 자신이 없어졌는지 약간 고개를 숙이면서 눈길을 피했다.

그래도 도망을 치는 비겁한 짓은 하지 않는 것이 아리에스의 좋은 점이다.

윗눈질로 쳐다보며 조그맣게 이렇게 말했다.

"사과할게요."

"그럼 약속했다?"

크라스는 아리에스가 사과를 해오던 그것을 관내한 마음과 웃음으로 용서하는 장면을 상상하며 히죽히죽 웃고 말았다.

좀체 아리에스의 우위에 설 수 없었던 터라 벌써부터 즐거웠다.

그런 생각을 하면서 푸근한 대하익 여운에 푹 빠져 있는데, 호로가 우뚝 멈춰 서더니 이쪽을 쳐다보았다.

또 무슨 말을 하며 놀리려고? 하고 경계를 한 것도 한순간. 지금까지와는 달리 묘하게 진지한 얼굴을 하고 있다는 걸 알아챘다.

"모처럼 화기애애한 분위기를 깨는 건 나도 괴로워."

그런 말을 짧게 했다.

"말을 하면 초조해지고, 그러면 쓸데없이 다치는 일이 생길 것 같아서 가만있었는데, 이젠 그럴 수도 없을 것 같다."

크라스는 불길한 예감이 들어 이마의 땀을 닦았다.

"추격대가 오고 있어."

"어?"

얼결에 그런 소리가 나왔다. 아리에스도 고개를 들었다.

"하, 하지만 추격대는 안 온다고 했으면서…?"

"응."

크라스가 약간 따지듯이 묻는 말에도 호로는 별로 신경 쓰는 기색 없이 고개를 끄덕거렸다.

하지만 그건 호로의 배짱이 두둑해서라기보다 그런 건 사소한 문제에 불과하기 때문이란 것을, 고개를 끄덕인 후 호로가 한 말을 듣고야 알았다.

"인간들의 추격대는 오지 않아."

며칠 전의 늑대 떼가 뇌리를 스쳤다.

"이상하다는 생각이 들긴 했어. 이 정도로 크고 훌륭한 숲이면 나름대로 이 숲의 주인이 있을 터였거든. 그게 통 보이지 않더니…. 그리고, 우리를 쫓던 놈들도 갑자기 물러났을 것 같지 않아. 요컨대."

호로는 빙그르 주위를 둘러보더니 답답할 만큼 녹음의 냄새가 짙은 속에서 땅이 꺼져라 한숨을 지었다.

호로가 어린애처럼 입술을 삐죽 내민다.

"이 숲의 주인들에게 교란 당했거나, 혹은—."

그 말에 누군가가 크르릉 소리를 낸다.

크라스는 언뜻 그렇게 생각했다가, 사실은 머리 위에서 들려온 천둥 소리였다는 것을 깨달았다.

"숲의, 주인?"

불안과 공포를 앞에 두고 가만있을 수가 없어 일단 물어보긴 했으나 호로는 고개를 가로저을 뿐 제대로 된 대답은 해주지 않는다.

거의 혼잣말을 하다시피 말했다.

"난 현랑이라 웬만한 일은 지혜와 말로 내 뜻을 관철시키지만, 놈들은 쓸데없는 잔꾀가 많거든. 어서 빨리 숲을 빠져나가고 싶지만…. 게다가 나도 날씨만큼은 어쩔 도리가 없으니."

호로가 머리 위를 올려다보며 중얼거렸다. 크라스는 그 말에 수긍하기 전에 곁에 있는 아리에스를 보았다. 아리에스의 손을 약간 힘을 주어 잡는다.

"혹시, 사슴인가요?"

그 말에 호로는 눈이 살짝 휘둥그레졌다. 그런 뒤 고개를 끄덕였다.

"봤어?"

"예. 물을 뜨러 갔을 때랑 방금 전에도. 우리를 빤히 쳐다보면서 꼼짝도 하지 않았어요."

호로는 이맛살을 찌푸리더니 뺨을 긁었다.

꼬리가 언짢은 듯이 살랑였다.

"놈들은 음험하거든. 무슨 짓을 하고 나설지 알 수 없어. 조심하라고 해봐야 소용없겠지만, 모르고 있다 별안간 공격을 당하는 것보다야 낫겠지?"

호로가 멍하니 중얼거리듯 말하자 아리에스가 몸을 움츠리며 크라스를 쳐다보았다.

호로가 씩씩한 소리를 하지 않는데 자신까지 덩달아 불안해하면 누가 아리에스를 지켜 줄 것인가.

크라스는 두 다리의 발꿈치에 힘을 주어 떡 버리고 선 뒤, 억지로 웃으며 이렇게 말했다.

"괜찮아요. 사슴보다 늑대가 더 세니까요."

잘 웃었는지 어땠는지 의심스러웠는데, 그 대신 호로가 풋 하고 웃음을 터뜨린 것을 보아하니 제대로 된 것이리라.

호로가 머리를 마구 쓰다듬은 것은 아리에스의 앞이라 약간 쑥스러우면서도 조금 기뻤다.

"인간의 새끼는 참으로 성장이 빨라."

그 말은 호로가 아리에스를 보면서 한 것이었다.

어째서 아리에스에게? 라는 생각이 들었는데, 정작 아리에스는 고개를 끄덕이지도 가로젓지도 않았다.

다만, 무언가를 약간 참는 표정으로 호로를 바라보고 있었다.

"뭐, 어떻게든 되겠지. 비가 오는 것도 우리한테만 재앙인 건 아니니."

아리에스에게 활짝 웃어 보이며 호로는 그렇게 말한 후, 다시금 머리 위를 올려다보았다.

빽빽한 잎사귀들의 우산도 이제 슬슬 한계에 다다른 모양이다.

곳곳이 비가 새는 우리 안처럼 빗방울이 빈번히 떨어지기 시작했다.

"그럼, 가자."

그런 뒤 호로는 걷기 시작했다.

목소리와는 달리, 걸음걸이에는 초조함이 보였다.

헉, 헉, 헉.

세 번 숨을 내쉰 뒤, 약한 소리를 삼키듯이 목구멍을 움직였다.

그런 뒤 다시 세 번 숨을 쉬기를 벌써 몇 번이나 되풀이했을까.

무거운 포도주는 진작 내버리고, 애써 가죽자루에 담았던 물도 반 이상을 덜어내고 말았다.

비가 숲속에도 본격적으로 퍼붓기 시작하자, 아리에스는 다리에 휘감기는 로브를 벗어 머리 위에 쓰고 있었다.

방금 전까지 나눴던 대화의 즐거운 여운도 온데간데없다.

머리에 쓰고 있는 로브조차 내던지고 몸을 가볍게 했으면 좋겠다는 마음이 표정에 역력했다.

발을 헛디뎌 무너지듯 무릎을 꿇은 것도, 이미 열 손가락으로는 다 꼽을 수 없을 정도가 되었다.

아리에스는 매우 노력하고 있다.

하지만 굳센 가운데에서도 매달리는 기색이 섞이기 시작하자, 사신 역시 여유가 없는 크라스는 반갑기보다는 부담스러워졌다.

"힘내."

손이 아니라 팔목을 잡아 일으킬 때마다 하는 말도 격려가 아니라 기도에 가까운 것이 되었다.

아리에스의 발이 얽히기 시작한 것은 피로 탓만은 아닐 것 같았다.

아마도 발에 물집이 잡혔다가 터진 지 이미 오래됐을 것이다.

빗발은 점점 강해져서, 마치 여울을 걷고 있는 듯한 착각이 든다.

곳곳에 작은 강이 생겼고, 약간 움푹 들어간 땅에는 녹음에 둘러싸인 갈색 연못이 무수히 만들어졌다.

어서 빨리 도시에 도착해 난롯불을 쬐면서 따뜻한 보리죽을 먹고 싶다.

한 걸음 한 걸음 내딛을 때마다 추격대에게서 도망치느니, 아리에스를 지켜내느니 하는 생각이 귀에서 녹아나간다.

가도 가도 숲은 끝이 없고, 하늘에는 두꺼운 구름이 덮여 있는데다, 무성한 나무들로 인해 숲속은 상당히 어두컴컴해져 있었다.

비 내리는 숲속의 밤길을 가는 것만큼 무서운 일은 없다.

여차하면 내가 있으니까, 라고 했던 호로는 뭔가 명쾌한 해결책을 내놓아 줄 조짐이 전혀 없다.

"호로 씨!"

결국 숲속의 트인 장소로 나온 순간, 크라스는 호로의 이름을 불렀다.

"……."

말없이 돌아본 호로도 어깨를 들썩이고 있다. 지친 기색이 엿보였다.

"더는…."

못 걷겠다는 말은 끝까지 하지 못한 채, 당장이라도 주저앉을 듯한 아리에스를 부축하면서 호로를 쳐다보았다.

호로는 몇 백 년이나 되는 긴 세월을 살아온 듯한 정령님이고, 여차하는 때에는 어떻게든 해주겠노라고 자신만만하게 말했었다.

지금이 그 여차하는 때가 아닌가.

그런 눈으로 호소하자 크라스를 빤히 응시하던 호로는 물방울이 떨어지는 앞머리를 쓸어 올린 뒤 시선을 떨어뜨렸다.

"미안해."

"예?"

잘못 들은 건가 싶었는데, 호로가 다시 한 번 말했다.

"미안해."

멍하니 선 크라스는 괴로운지 몸을 기대어오는 아리에스를 안으며 되물었다.

"뭐, 뭐가요?"

"너희들을 구해 주지 못할지도 몰라."

"어떻—."

말을 하려다 끊어졌다.

아리에스가 그 자리에 풀썩 주저앉았기 때문도, 호로가 비통한 표정으로 입술을 깨물었기 때문도 아니다.

뭔가 정체를 알 수 없는 한기가 지면에서 발을 타고 등골을 확 빠져나간 것 같을 만큼 강렬하게 일어났기 때문이다.

악해질 줄 모르고 여전히 퍼붓는 빗속에서 이상한 소리를 들었다.

투둑 하는 소리로도 들리고, 꿀럭 하는 소리로도 들린다. 장대
비가 내린 날 흘러넘치는 샘물 같은 소리.

그것은 공포가 솟구치는 소리였을 수도 있다.

지친 와중에서도 그 소리를 들었는지 아리에스가 몸을 뒤틀듯
이 돌아본 순간 숨을 삼키는 것이 느껴졌다.

크라스는 무서워서 돌아볼 수가 없었다.

그러나, 돌아보지 않은 채 가만히 있는 것이 더 무서웠다.

"……."

그리고 돌아본 순간, 그 앞에 있는 것.

뭔가 살아 있는 것이라고는 전혀 여겨지지 않는다.

그것은 그냥 거기 있었다.

거목처럼, 큰 바위처럼, 또는 산처럼.

"…아…"

무릎이 떨리고 숨이 멎으면서 자신에게 매달린 아리에스에게
되레 매달린다.

꼴사납다거나, 한심스럽다는 생각은 눈곱만큼도 존재하지 않았
다.

눈앞에는 소도 가볍게 밟아 버릴 것 같은, 한없이 우러러 봐야
하는 거대한 사슴이 있었던 것이다.

「_____.」

뭐라고 했는지는 알 수 없다.

그저 동굴 속에서 울리는 천둥 같은 소리라, 크라스의 이성이
날아가기에는 충분했다.

도무지 사슴이라고 여겨지지 않는 울퉁불퉁한 몸체에 검은 달

같은 한 쌍의 눈.

그리고 머리에 난, 하늘을 찌를 듯이 거대한 뿔.

크라스는 엉덩방아를 찧어 놓고도 한동안 자신이 그랬다는 것을 알아채지 못했다.

「————, ————.」

사슴의 입에는 날카로운 이가 없는 대신 맷돌 같은 이가 주르륵 나 있어, 말을 할 때마다 우드득 우드득 바위조차 갈아 부술 것 같은 딱딱한 소리가 났다.

저런 것에 머리가 끼었다가는 한순간에 으깨지고 말겠지.

크라스는 사슴의 머리를 멀뚱하게 올려다보면서 그런 생각밖에 떠오르지 않았다.

"좋은 여행이란."

퍼뜩 정신이 든 것은 그렇게 말하면서 크라스의 어깨에 손을 얹은 이가 있었기 때문이다.

"좋은 반려자를 만나는 것."

올려다본 호로의 옆얼굴은 매우 다부졌고, 꼬리도 씩씩하게 흔들리고 있었다.

거대한 사슴은 시선을 호로에게 향하며 위압하듯 머리를 가까이 접근시켰다.

「————!」

강렬한 콧김이 숲속의 비를 모조리 날리자 순간 비가 멎었다.

정신이 들고 보니 사슴 떼가 주위 일대를 에워싼 채 이쪽을 쳐다보고 있었다.

잘못 대처했다가는 당장이라도 짓밟거나 머리를 씹어 버릴 듯한 분위기.

그럼에도 호로는 조금도 굴하지 않으며 활짝 웃었다.

"————, ————."

그때 주위가 한순간 웅성거린 것은 호로가 한 뭔지 알 수 없는 말을 사슴들이 도발로 받아들였기 때문일 수도 있다.

「————……————.」

이를 딱 딱 울리며 거대한 사슴이 다가오자 크라스는 엉덩방아를 찧은 채 뒷걸음질 쳤다.

멍하니 있는 아리에스를 끌어당긴 것은 아리에스를 구한다기보다는 껴안을 것이 필요했기 때문이다.

호로가 돌아보며 빠른 말투로 말했다.

"저 녀석들은 아무래도 내가 마음에 들지 않는 모양이다."

고개를 살짝 갸웃하더니 난감한 듯이 웃으며 귀를 턴다.

"내가 같이 온 것이 오히려 문제였어."

「우워어어어어어어어어어어!」

전혀 생물의 소리로 여겨지지 않는, 대지를 뒤흔드는 듯한 포효를 사슴이 내지른 순간이었다.

"헤어짐은 언제가 갑작스러운 법이지. 즐거운 여행이었다. 너희들만이라도 어서 도망——"

미안한 듯한 그 웃음이 한없이 뇌리에 박혔다.

무슨 일이 일어난 것인지 파악하는 데에 얼마만큼의 시간이 걸렸던가.

적어도 거리상으로는 꽤 떨어져 있었던 사슴이 순식간에 간격을 좁혔는가 싶더니 호로의 작은 몸을 코로 떠올려 튕겨 버렸다.

호로의 몸은 쉽사리 공중으로 날려지고, 거대한 사슴은 그 거대한 몸체로는 상상도 되지 않을 만큼 날랜 동작으로 호로를 쫓아갔다.

호로의 몸이 나뭇가지를 가르며 거짓말처럼 날아간다.

그리고, 그 너머는 연못이 있기라도 한지 급격한 언덕.

거대한 사슴이 펄쩍 뛰어오르더니 언덕쯤은 일도 아니라는 듯이 날아간다.

눈 깜짝할 새에 사슴의 거대한 몸체가 언덕 밑으로 뛰어내려 보이지 않게 되자마자, 말 그대로 지축이 뒤흔들렸다. 거대한 사슴이 착지했다는 것을 깨달은 직후, 그 거대한 맷돌 같은 이를 맞무른 우드득 우드득 우드득 하는 엄청난 소리가 울렸다.

크라스는 자신이 울고 있는지 알 수 없었다.

하지만 뭔가 끔찍하고, 생각도 하기 싫은 일이 일어났다는 것만은 알았다.

우드득 우드득 하는 소리가 이어지다가 이윽고 조용해졌다.

크라스와 아리에스를 에워싸고 있는 사슴들은 미동도 하지 않는다.

그런 직후, 다시금 포효가 들렸다.

"우아아아아아아아!"

크라스는 비명을 지르며 헤엄치듯 달렸다.

자신들보다 이백 실은 더 믿음직하다고 한 호로. 늑대를 쫓아주고, 크라스를 놀려대고, 고집불통 아리에스를 구워삶고, 빵도 주고, 돈에 대해 가르쳐 주기도 한— 자그마하면서도 믿음직한 뒷모습을 갖고 있던 호로가 한순간에 사라졌다.

그 사실은 크라스를 정신없이 도망치게 만들기에 충분했다.

강처럼 물이 흐르는 길을 온힘을 다해 달린다.

적어도 머릿속으로는 그랬다. 그러나 실제로는 몸을 일으켜 몇 걸음 달려갔다가 푹 고꾸라져 나동그라졌고, 나동그라졌다가는 지팡이 대신 쓰는 나뭇가지에 매달리다시피 하여 몸을 일으켰다.

죽고 싶지 않다. 저런 이에 부스러져 죽고 싶지 않다.

무릎이 헛돌면서 엉덩방아를 찧어 진흙탕에 머리부터 박혔다.

죽고 싶지 않다.

공포가 진흙탕 속에서 머리를 들어 뒤를 돌아보게 했다.

그리고 눈에 들어온 광경.

악몽의 밑바닥에서 머리를 내민 저주받은 말처럼 언덕을 천천히 올라오는 중인 거대한 사슴과, 혼자 남겨진 희고 둥그런 자그마한 모습.

진흙에 범벅이 되어 있어도 멀리서 보기에는 양처럼 보이기만 하는 아리에스의 모습.

"아리… 에스…!"

목이 갈라져 소리가 제대로 나지 않는다.

도망치라고, 어서 일어나 도망치라고 빌어 봐야, 아리에스의 다리에서 별안간 날개가 돋아날 리도 없다.

아리에스는 정신을 잃었는지, 아니면 늘 그렇듯 무슨 일이 일어난 것인지 이해를 하지 못한 채 멍하니 있는 것인지.

멍하니 있는 거라면 다행이다. 공포에 질려 울고 있는 게 아니라면 다행이다.

왠지 그런 생각이 든 직후, 크라스는 한심하기 짝이 없게 얼굴을 일그러뜨리고 말았다.

돌아본 아리에스의 얼굴이 겁에 질려 있었기 때문이었다.

「우워어어어어어어어어어.」

거대한 사슴이 세 번 울부짖었다.

너무도 큰 몸이, 언덕을 가뿐히 무너뜨릴 것 같이 거대한 몸이 언덕 밑으로 살짝 가려졌다.

화가 나서 내지른 포효였나 보다.

지금이라면, 지금이라면 아직 승산이 있어.

일어나서 이쪽으로 열 걸음만 달려오면 돼.

크라스는 속으로 외치면서, 일어설 기색이 전혀 없는 아리에스에게 가슴이 터질 것만 같은 분노와 초조함을 느꼈다.

아니, 알고 있었다.

그 분노와 초조함은 바로 구하러 달려가지 못하는 자신을 책망하는 것이라는 것을.

「──……, ──……!」

거대한 사슴이 뭔가를 외치고 있다.

크라스는 귀를 막으며 이를 덜걱거렸다.

줄곧 크라스와 아리에스를 지켜보고 있던 사슴 떼가 약간 포위를 좁혀왔다.

숲에서 쫓아내려는 듯이.

또는, 도망치지 못하는 자를 숲속에 영원히 가둬 버리기 위해.

"아리에스!"

마침내 소리를 내어 외칠 수 있었던 것은, 그것이 마지막이 되리라고 생각했기 때문이다.

거대한 사슴이 언덕 위에 커다란 앞발을 걸치더니 산도 짓밟아

버릴 듯한 동작으로 몸을 들어올렸다.

그것을 알아챈 아리에스가 뒤를 한 번 돌아보았다.

그리고 다시금 크라스의 쪽을 쳐다보고는.

천천히 손을 내밀었다.

"크라스…."

속삭이듯 중얼거리는 그런 소리가 들린 것만 같았다. 그러자마자—.

거대한 사슴이 서서히 앞발을 들어올린다. 언뜻 보기에는 거리가 꽤 떨어져 있음에도 불구하고, 여하튼 그 발이 내려올 앞쪽에는 분명히 아리에스가 있다. 사슴의 발에 달라붙어 있던 흙과 진흙이 투둑 투둑 듣기 싫은 소리를 내며 아리에스의 뒤쪽으로 사신의 침처럼 떨어져 내린다.

아리에스의 눈이 이쪽을 쳐다보고 있었다.

"아리에스!"

생각해서 달린 게 아니다.

달리고 있는 건지, 아니면 자신이 공중을 날고 있는 것인지 분간이 가지 않았다. 오직 아리에스만 눈에 들어온 채, 그대로 날듯이 달려가 껴안은 뒤, 어떻게 한 건지 자기도 모르는 새에 안아들고 뒤로 훌쩍 물러났다.

다음 순간, 눈을 도저히 뜨고 있을 수 없을 만큼 엄청난 충격을 동반하며 사슴의 앞발이 떨어지자 온갖 것이 산산이 튀었다.

"……."

자신의 품속에 있는 아리에스가 그 자리에 있지 않은 것이 기적으로밖에 여겨지지지 않는다.

아리에스를 안은 채 앞으로 거꾸러질 듯 달려가다 거리가 약간 벌어진 곳에서 결국 나동그라졌다.

황급히 몸을 일으키자 아리에스는 몸을 떨며 입을 꾹 다문 채 두 손을 모으고 기도를 드리고 있었다.

기도를 하다가 크라스가 일어난 것을 알아채자, 크라스의 가슴에 이마를 갖다 댔다.

그 부드러운 어깨를 반사적으로 껴안으며 크라스는 힘을 꼭 주었다.

지켜 주어야 한다.

이토록.

이토록 아리에스의 어깨는 부드러우니까.

"괜찮아."

그러면서 심호흡 한 번.

한 올 한 올이 밧줄로 만들어진 것처럼 온몸이 뻣뻣한 털로 빽빽이 덮여 있는 것이 똑똑히 보이는 거대한 사슴. 꽤 떨어져 있음에도, 말 그대로 우러러볼 수밖에 없는 기대한 사슴이 이쪽을 빤히 쳐다본다.

이를 딱 딱 울리며 머리를 흔든다.

영웅은 주먹 하나로 바위를 깨뜨리고, 검이 있으면 용도 쓰러뜨린다지만, 크라스의 손에 있는 것이라고는 어떻게 여태까지 쥐고 있는 것인지 모르겠으나 지팡이 대신 쓰는 나뭇가지뿐. 그래도 어떻게든 될 것이다. 아리에스를 혼자 도망치게 하는 것쯤은 어떻게는 될 것이다.

용기는 품는 것이 아니라, 유채기름을 짜듯이 억지로 쥐어짜내는 것이라는 것을 크라스는 처음으로 알았다.

"아리에스, 일어설 수 있겠어?"

품속에서 떨고 있던 아리에스가 얼굴을 들었다. 온순하면서도 고집스런 데가 있는 아리에스답게 입술을 깨문 채 고개를 끄덕였다.

"그럼 내 뒤로 가."

왜냐고 묻지는 않았다. 그 대신 더없이 걱정스러운 표정을 짓긴 했으나, 끝내 말로 표현하지는 않았다.

거대한 사슴을 자극하지 않도록 조용히 몸을 돌려 크라스의 뒤로 갔다.

"내가, 일어서면, 바로 뛰어."

"예? 하, 하지만."

"괜찮아. 나는 거인을 쓰러뜨린 영웅의 이야기를 알거든."

거짓말이 아니었다.

하늘까지 닿는 머리에 강물처럼 기다란 팔, 그 어떤 호수에도 다 들어가지 못할 만큼 거대한 다리를 가진, 어마어마하게 큰 거인을 쓰러뜨린 영웅의 이야기.

그에 비하면 크기만 할 뿐인 사슴은 아무것도 아니다.

아무것도 아니다.

"눈을 노리는 거야. 저 큰 눈을. 눈이 안 보이면 못 쫓아올 거야. 괜찮아. 저렇게 눈이 크니까 쉽게 맞힐 수 있어."

크라스는 그러면서 뺨과 입술을 움직였다.

제대로 웃었는지 모르겠다.

그래도 아리에스가 무슨 말을 하려다가 잠시 생각을 한 뒤 머리를 끄덕였으므로, 아마도 잘 웃은 것이리라.

"그럼 간다?"

지팡이를 지면에 꽂아 세운 뒤 크게 숨을 들이마셨다.

아리에스의 손이 등에 닿으면서 힘이 흘러드는 것만 같았다.

거대한 사슴은 이쪽의 패기를 느꼈는지 머리를 흔들더니 서서히 몸을 낮췄다.

무시무시하기까지 한 위압감.

이야기 속의 영웅은 이런 것을 두려워하지 않는다.

"바다를, 함께 보러 가자."

그렇게 말한 뒤 일어나, 달렸다.

너무도 거대한 사슴이라 눈이 달린 높이도 지팡이가 닿을 만한 거리가 못 된다.

그러나 기회는 있을 것이다.

호로에게 그렇게 했듯이, 머리를 접근시켜 오는 순간이 분명히 있을 것이다.

사슴이 큼지막한 앞발을 쳐들자 공기마저 빨려드는 것만 같다.

크라스는 기죽지 않고 옆으로 달려 나갔다.

사슴은 그래 봐야 사슴이다.

쳐들었던 발을 그대로 내렸다. 크라스의 바로 옆으로 진흙이 튄다.

"에잇!"

지팡이를 크게 휘두르자 거대한 사슴은 땅에 내린 발을 놀랍도록 빈첩하게 뒤로 뺐다.

발을 헛디뎌 푹 고꾸라졌으나 크라스는 조금도 당황하지 않는다. 오히려 거대한 사슴이 자신을 두려워한다는 확신에 가슴속이 냉정해졌다.

이번에는 발을 쳐들지 않은 채, 무슨 돌멩이라도 걷어차려는 듯이 발을 앞으로 내밀었다.

그러나 거대한 몸체가 오히려 해가 된 것인지 느릿느릿한 동작을 어렵지 않게 피한다.

별 것 아니다. 전혀 별 것 아니다.

그저 덩치만 클 뿐인 사슴이다.

혼신의 힘을 다해 휘두른 지팡이가 몇 번인가 사슴의 다리를 스쳤다.

믿어지지 않았으나, 저 거대한 사슴과 막상막하로 싸우고 있다.

거대한 사슴의 큰 이 사이로 새하얀 숨이 뭉게뭉게 뿜어져 나온다.

크라스도 지쳐 있었다. 지팡이를 꽉 잡은 손은 감각이 사라진 지 오래됐고, 팔 근육이 뻣뻣해 어디까지가 지팡이고 어디까지 자신의 팔인지 알 수가 없을 정도였다.

거대한 사슴과 정면으로, 덤벼들면 닿을 만한 거리에서 대치했다.

그 뿔을 가루로 만들어 마시면 숲의 지혜를 손에 넣을 수 있다는 사슴 괴물은 심연의 어둠 같은 눈으로 물끄러미 이쪽을 살피고 있다.

뭔가를 생각하고 있었다.

뭔가를 생각하고 있어?

크라스가 그렇게 생각한 직후, 사슴의 눈이 번득였다.

그 앞에 있는 것은 손을 모은 채 기도를 드리고 있는 아리에스.

크라스는 위 속의 내용물이 거꾸로 역류하는 기분이었다. 아리에스는 도망치지 않았다. 아니, 이미 도망칠 만한 체력이 남아 있지 않았을지도 모른다.

아리에스가 거대한 사슴의 시선을 알아챈다.

거대한 사슴이 움직였다. 머리를 아리에스 쪽으로 돌리더니, 말처럼 지면을 세 번 찬 뒤 콧등을 내렸다.

"……읏!"

자신이 무슨 말을 했는지 모른다.

뒤에서 누가 확 밀기라도 한 것처럼 몸이 움직였다.

한 손에 지팡이를 잡은 채 전속력으로 달렸다. 나무뿌리며 물웅덩이, 사슴이 밟아서 생긴 구덩이가 사방에 널려 있었으나 크라스는 그런 것은 전혀 눈에 들어오지 않았다. 그저 사슴의 눈만 노려보며 달렸다.

그리고 산이 통째로 움직이는 것처럼 쑥 내미는 그 머리를 향해 혼신의 힘을 담아 날았다.

오른손에 쥔 지팡이를, 영웅이 거인의 눈에 꽂아 넣는 창처럼 힘껏 후리면서.

"으아아아아!"

우직, 하는 둔한 소리가 들렸다.

오른팔 언저리에서 들리는 그 소리에 팔이 부러진 줄 알았다.

착지자세 같은 건 눈곱만큼도 생각지 않았기 때문에 크라스는 거대한 사슴의 턱 밑을 스지면서 넘불 속에 곧장 저박혔다.

순간 정신을 잃을 뻔했다가 의식을 유지한 것은, 뒤에서 뭔가 커다란 것이 쓰러지는 엄청난 굉음을 들었기 때문이다.

거대한 사슴은 고통으로 몸부림치고 있는지, 온몸의 털이 곤두설 것 같은 포효를 지르며 쿵쿵 발을 울렸다.

한참을 허우적거리다 간신히 머리를 들자, 몸을 일으키려고 애를 쓰다 미끄러지는 사슴 너머로 그 사슴을 멍하니 쳐다보고 있는 아리에스의 모습이 보였다.

"아리에스!"

크라스가 이름을 부르며 달려가자, 아리에스는 깜짝 놀란 듯이 크라스를 쳐다보고는 사슴 쪽으로 눈길을 돌렸다.

"아리에스, 어서 도망쳐!"

"하, 하지만, 저분, 눈, 눈이….."

방금 전 호로를 죽이고 자신도 죽이려 한 사슴의 눈을 걱정하다니, 착해도 너무 착한 그 마음에 분노를 넘어 웃음이 나오고 만다.

그러나, 화는 전혀 나지 않았다.

이것이 아리에스인 것이다.

"어서. 따라잡히면 이젠 다른 방법이 없어!"

크라스가 말을 마친 것과, 거대한 사슴이 큰 소리로 울부짖은 것은 거의 동시였다.

놀라서 돌아보니 사슴이 발을 헛디뎌 진흙에 미끄러졌다는 것을 알았다.

산이 무너지는 듯한 소리에 이어, 배를 울릴 만큼 거대한 소리가 들렸다.

"하하하, 만세! 자, 아리에스, 가자!"

"예? 아, 하, 하지만….."

아리에스에게 달려가 손을 잡아당겼으나 아리에스는 일어나지 않았다.

땅바닥에 두 다리가 묻혀 있어 난감한 표정처럼도 보였다.

"못 걷겠어? 자—."

크라스는 부러진 줄 알았던 오른팔을 아리에스의 오른팔 밑으로 넣어 몸을 바싹 당긴 후, 두 무릎 아래를 왼팔로 받쳤다.

영웅은 늘 이런 식으로 공주를 가뿐히 안아드니까.

아리에스는 난감해 하면서도 여러 번 연습이라도 한 것처럼 이쪽으로 몸을 착 기대왔다.

"크, 웃."

바위처럼 단단히 묶인 짚단에 비하면 아리에스의 몸은 솜털 같다.

그래도 걷는 것은 무리였다. 부들부들 떨리는 무릎에 힘을 주어가며 크라스는 한 걸음, 두 걸음 발을 떼기 시작했다.

이대로 아리에스를 껴안은 채 사슴에게서 도망쳐, 숲을 빠져나가 도시로 간다.

아리에스의 다리가 자꾸만 미끄러지는 왼팔에 이를 악물고 힘을 넣어가며 크라스는 속으로 중얼거렸다.

호로의 일은 정말 유감이다.

놀림을 당하는 건 싫었으나, 꼭 별안산 얻은 누니 같았다.

도시에 도착해 체력을 회복하고 나면 시신을 찾으러 와서 묻어주어야겠다고 생각했다. 물론 사슴을 다시 만나게 되면 이번에는 눈만으로는 끝나시 않으리.

아리에스의 다리가 거의 미끄러져 지면에 발이 닿는데도 왼팔에 전혀 힘이 들어가지 않았다. 다리는 나무뿌리에 얽힌 것처럼 묵직해서 꼼짝할 수가 없었다.

그럼에도 크라스의 머릿속에는 자신이 그린 최고의 미래가 있고, 그것을 향해 착실히 나아갈 생각이었다.

"이, 이제, 이젠…."

크라스에게 간신히 매달려 있는 아리에스가 울 것 같은 목소리로 말하자, 크라스는 조그맣게 웃으며 마침내 우뚝 서서 대답했다.

"미안. 먼저, 도망쳐."

그것이 남아 있던 최후의 체력이었던 듯, 그 자리에 쓰러지고 말았다.

쿵 하는 소리도 어딘가 먼 곳에서 들려오는 것 같고, 얼굴이 진흙탕 속에 반쯤 처박혔음에도 더는 손가락 하나 꼼짝할 수가 없었다.

"──! ──!"

아리에스가 뭔가 외치고 있는 것 같았으나 전혀 들리지 않는다.

위에서 쏟아지는 비가 데운 물처럼 뜨거웠다.

크라스는 "도망쳐." 하고 중얼거렸다.

먼저 도망쳐. 나중에 도시의 여관에서 다시 만나자.

멀어져가는 의식 속에서 그렇게 말한 것 같았다.

적어도 아리에스에게는.

왜냐하면.

크라스는 눈을 감았다.

왜냐하면, 이렇게 아리에스가 좋으니까.

★

　달콤한 냄새가 난다.

　무슨 음식이었던가.

　생각이 날 듯 말 듯하다.

　뭐가 굉장히 좋아하는 것의 냄새라는 것만은 알겠는데, 무슨 냄새인지 통 생각이 나지 않는다.

　또한, 여기가 어디지? 하는 의문도 들었다.

　캄캄해서 아무것도 보이지 않는다.

　몸은 꼼짝할 수가 없이, 아주 무거운 물속에 가라앉아 있는 것만 같다.

　그럼에도 달콤한 냄새가 머릿속의 온갖 것을 뒤덮자, 그런 의문도 아무렴 어떠랴 싶어졌다.

　이 달콤한 냄새 속에 쭉 있을 수 있기만 하면 된다.

　이, 달콤한….

　"엇!"

　크라스가 몸을 일으킨 순간, 짤막한 비명이 틀렸나.

　빙글빙글 목을 있는 대로 돌려가며 초점이 잘 맞지 않는 눈으로 그것을 열심히 찾는다.

　그것을 찾아내자 눈물이 나올 뻔한 것은, 틀림없이 급히 몸을 일으키며 눈을 떴기 때문이리라.

"아리, 에스…."

"자, 잘 잤어요?"

아리에스는 긴장했는지 묘하게 자세를 가다듬듯이 말한 후 가만히 손을 내밀었다.

"몸은… 괜찮아요?"

흰 손이 뺨에 닿자 너무 아파 신음소리를 내고 만다.

순간 불에 덴 것처럼 아리에스가 화들짝 손을 빼며, 울먹이는 표정으로 사과를 해왔다.

크라스는 자신의 얼굴을 만져 본다.

여기저기 부어 있는데다 손도 쓸린 상처투성이였다.

"핫하하하, 엉망이네."

그러면서 웃자 얼굴이 따갑다. 아리에스는 걱정스럽던 얼굴이 서서히 웃는 얼굴로 변하더니, 소리를 내어 웃다가 울음을 터뜨렸다.

"앗! 아, 잠깐! 저기, 우, 울지 마."

크라스는 당황하여 아리에스의 어깨를 안으며 머리를 쓰다듬어 준다.

아무 생각 없이 이런 행동을 하는 자신에게 깜짝 놀라는 한편, 아리에스가 전혀 싫어하지 않는 것이 몹시 기뻤다.

"괜찮다니까. 자, 응?"

훌쩍거리는 아리에스를 타이르듯이 말하자 아리에스는 연신 고개를 끄덕이더니 또 울었다.

뭐가 뭔지 모르겠지만 일단은 울음을 그치는 걸 기다리는 수밖에 없다.

그런데, 하며 크라스는 그제야 주변 상황이 눈에 들어와 생각했다.

여기가 어디지?

불빛이 등 뒤에서 비쳐들고 있고, 눈앞에는 이끼가 얇게 끼어 있는 검은 나무 벽 같은 것이 있다. 보이는 범위 내에서 시선을 둘러보자 무슨 동굴 같기도 한데, 발밑에는 마른 풀이 깔려 있다. 적어도 도시는 아니다.

대체 어떻게 된 거지?

그렇게 생각한 직후였다.

"음."

낮익은 목소리가 들렸다.

"어?"

억지로 돌아보려 했다가 찰싹 매달려 있는 아리에스로 인해 자세가 무너져 그만 뒤로 자빠지고 말았다.

"아야야…"

하며 몸을 일으키려 했으나, 쓰러진 채로도 아리에스가 여전히 매달려 있어 몸을 움직일 수가 없다. 호리호리해 보여도 의외로 묵직한 아리에스의 몸무게에 눌려 크라스는 벌렁 자빠진 채 멍하니 시선을 천장 쪽으로 돌렸다. 그때 시야에 훌쩍 들어온 그것. 믿어지지 않는 얼굴이 거꾸로 된 자세로 자신을 내려다보고 있었다.

"우후. 한창 즐거운 중이었나?"

"아, 아, 아."

"왜? 잠을 깨는 포옹은 한 명으로는 부족해?"

여전한 그런 말은 한 귀로 듣고 한 귀로 흘린 뒤, 크라스는 가슴속에 담긴 말을 입 밖으로 힘껏 토해냈다.

"호로 씨!"

"…그렇게 소리 안 질러도 잘 들린다."

호로가 얼굴을 찌푸려도 크라스는 전혀 아랑곳하지 않은 채 말을 이었다.

"하, 하지만 어떻게, 저기, 호로 씨는…."

"죽은 줄 알았어?"

그러면서 활짝 웃는 얼굴은 너무나도 천하무적이라, 죽여도 죽을 것 같지 않아 보였다.

그래도 크라스의 귀에는 맷돌 같은 이가 딱딱 부딪치는 것 같은, 온몸에 소름이 돋는 소리가 여전히 생생히 남아 있다.

호로가 그 이에 물려 죽은 줄로만 알았다.

"쿠쿠. 그랬다는데?"

그러면서 호로가 돌아보자 문득 빛이 가려지며 그늘이 졌다.

그때의 경악을 어떻게 표현해야 할지 크라스는 도무지 알 수 없었다.

호로의 뒤쪽, 동굴의 입구에 쓱 나타난 것. 그것은 크라스 일행을 죽이려 들었던 거대한 사슴이었던 것이다.

크라스가 지팡이로 찔렀던 눈은 잘 닦은 흑요석처럼 깨끗하기만 했다. 또한, 너무나도 큰 그 눈과 크라스의 눈이 마주치자 인사 대신인지 눈을 한 번 꿈벅했다.

「용기… 있는… 인간의 아이. 몇… 백 년… 만인지…. 모처럼… 즐거웠다.」

어눌하게 말하고는 입을 뒤틀었다.

그것이 웃음이었다는 것을 깨닫자마자 크라스는 가슴속이 확 뜨거워졌다.

"서, 설마…!"

아리에스의 두 어깨를 밀어 올린다. 아리에스의 얼굴은 눈물에 젖어 있으면서도 미안한 표정을 짓고 있었다.

"멍청이. 누구한테 따지려고?"

머리를 얻어맞고 호로를 쳐다본다. 거대한 사슴은 그만 물러났는지 모습이 보이지 않았다.

"뭐 예정에서 약간 벗어나긴 했지. 사슴들이 심심했던 나머지 연극에 너무 빠져드는 바람에. 참나, 나도 말리긴 했는데 말을 안 듣더라고."

호로가 난감한 투로 웃으며 말하자 멀리서 짧은 포효가 들려왔다.

모든 것은 호로가 꾸민 짓이었나.

듣고 보니 그런 것도 같다.

거대한 사슴이 발을 들어 올렸다 내릴 때는 느렸는데, 지팡이를 피할 때의 동작은 민첩했다.

그렇다면 사슴이 발을 들어 올렸을 때, 그 밑에 있던 아리에스가 지은 표정도 거짓이었단 말인가.

크라스는 배신을 당한 듯한 느낌에 시선을 돌렸다가 호로에게 다시금 머리를 얻어맞았다.

"이런 상황에서 그걸 의심하냐? 진짜 멍청하군."

상당히 세게 쥐어박는 바람에 머리가 지끈지끈하다.

그래서 생각해 보니, 아리에스의 그때 그 얼굴은 진심이었다.

거대한 사슴의 연기라는 것을 알면서도 정말로 무서웠을 수도 있다.

크라스 역시 괜찮다는 것을 알고 있었어도 그 정도로 엄청난 박력 앞에서는 겁이 났을지도 모른다.

게다가 아리에스는 정말로 미안한 표정이다.

저러는 걸 보면, 언제쯤인지는 몰라도 호로에게 미리 이야기를 들었으리라.

자신만 혼자 까맣게 모른 채 고군분투했던 것이다.

"쿠쿠. 그래도 뭐, 넌 근사했다. 그렇지?"

호로는 쪼그리고 앉아 팔꿈치로 무릎을 짚어 턱을 받친 자세로 싱글싱글 웃었다.

시선은 아리에스를 향하며.

아리에스는 눈가를 훔친 뒤 고개를 끄덕였다.

"아무 말 안 해서… 미안해요…. 하지만…."

말을 하는 사이에 또 눈물이 떨어진다.

크라스는 더는 화낼 마음이 눈곱만큼도 없어, 아리에스의 손을 잡았다.

"아니야. 이젠 됐어. 그보다, 무사해서 다행이야…."

"…예."

그러면서 고개를 끄덕이는 바람에 눈물이 뚝뚝 떨어졌다. 크라스는 그것이 간지러웠다.

"앗."

"음?"

"그럼, 추격대는?"

"추격대?"

크라스가 머리만 들어 묻자 호로가 거꾸로 되묻다가 아차, 하는 표정을 지었다.

"서, 설마 그것도…."

"우후후후."

호로는 웃으며 꼬리를 파닥파닥 댔다.

아리에스에게 서선을 던지자 또 미안한 표정을 짓고 있었다.

머리를 받치고 있던 목에서 맥이 확 풀려 바닥에 쿵 찧은 소리가 났지만 저척 시경 쓰이지 않았다.

"자, 일단은 이런 굴에서 한없이 누워 있지 말고 바깥으로 나가자. 바깥은 인간들은 좀처럼 볼 수 없는 숲의 성역이거든."

호로가 일어나며 목을 풀었다.

"숲의, 성역?"

"음. 상당히 압권이었지?"

그 말은 아리에스를 향해. 아리에스는 고개를 힘껏 끄덕였다.

어지간히 굉장했나 보다.

"해가 뜬 지도 오래야. 햇볕을 쬐면서 네 무용담을 반찬 삼아 앞으로 어떻게 할 것인지 생각해 볼까? 물론."

호로는 허리에 손을 얹으며 꼬리를 흔들었다.

"셋이서 할 여행 얘기지. 응?"

그러면서 히죽 웃더니 훌쩍 일어섰다.

호로가 무사해서 기쁘지 않을 리가 없다.

그러나 앞으로도 또 이런 연극을 꾸미는 게 아닌가 하는 생각을 하자 맥이 탁 풀렸다.

그래도 숲의 성역이라는 것은 보고 싶다.

대체 어떤 곳인지.

"숲의 성역이란 데가 그렇게 굉장했어?"

아리에스의 부축을 받으며 묻자, 잠시 망설이더니 고개를 끄덕였다.

"흐응…."

약간 재미가 없었던 것은 짚이는 바가 있었기 때문이다.

"하지만."

그러면서 아리에스는 크라스를 똑바로 쳐다보았다.

가슴이 욱신거린 것은 다쳐서 그런 건 아닐 것이다.

그 이유를 이제는 안다.

"바다가, 훨씬 기대돼요."

그런 소리를 들으면 얼굴이 헤벌쭉 풀어지는 것을 참아낼 도리가 없다.

크라스는 얼굴이 아픈 것도 잊은 채 웃은 뒤 머리를 끄덕였다.

그렇게 말한 직후, 아리에스는 살피는 듯한 시선을 크라스의 뒤쪽으로 힐끗 던졌다. 크라스의 뒤에서 누군가가 이쪽을 보며 고개를 끄덕이는 기척이 느껴졌지만 신경 쓰지 않는다.

참견쟁이에 머리 좋은 아무개 씨가 아리에스더러 그렇게 말하라고 시켰는지도 모르겠으나 아리에스의 말에 분명히 거짓은 없다.

그것을 믿기에 충분할 정도의 것이 자신의 마음속에 있었다.

"그럼 갈까?"

아리에스의 손을 잡고 일어선다.

그러면서 돌아보니 꼬리가 훌쩍 그늘 속으로 들어가는 것이 보였다.

부드럽고 푹신푹신하며 달콤한 냄새가 나는 꼬리다. 호로가 자신이 지나쳤다면서 빌듯이 사과를 해오면 다시 한 번 저 꼬리를 베고 자게 해 달라고 할까 하는 생각이 들었다.

그 정도로 잠자기 좋았으니까.

크라스는 뒤를 돌아보며 그런 말을 속으로 중얼거렸다.

"예?"

아리에스가 그렇게 물어, 혹시 자기도 모르게 입 밖으로 말을 했나 싶어 놀랐으나, 아무 말도 않은 채 걸음을 내딛었다.

아리에스의 손을 꼭 잡고, 빛이 넘치는 동굴 밖으로.

두 마리 토끼를 쫓는 자는 한 마리도 잡지 못한다고 한다.

하지만 한쪽은 늑대이고, 다른 한쪽은 양이니까….

"무슨 생각을 하고 있는지 맞혀 볼까요?"

뒤에서 원망스럽다는 듯이 싸늘한 목소리가 들려왔다.

무서워서 차마 돌아볼 수가 없다.

그 대신 눈앞에는, 그림으로도 그려낼 수 없을 낙원의 볕이 잘 드는 곳에서 햇볕을 쬐며 귀를 쫑긋 세우고 있었던 모양인 호로가 배꼽을 잡으며 깔깔대고 있다.

〈소년과 소녀와 하얀 꽃 끝〉

사과의 빨강, 하늘의 파랑

별안간 조용해진 것 같아 로렌스는 고개를 들었다.

그러나 열려 있는 나무창으로는 따스한 햇살과 함께 활기 넘치는 떠들썩한 거리의 소음이 여전히 들려오고 있다.

대체 왜 갑자기 조용해진 것처럼 느껴진 걸까? 들여다보고 있던 양피지 다발을 정리하며 피곤한 목을 돌리자 우드득 소리가 울린다.

원인이 궁금하여 이리저리 시선을 돌리다가 이내 찾아냈다.

침대 위에서 입을 닦고 있는 소녀. 저게 원인이리라.

"계속 먹고 있었어…? 몇 개째야?"

귀족도 부러워할 만큼 아름다운 아마빛 머리카락을 가진 소녀. 호로는 머리에 달린, 인간의 것일 수 없는 짐승의 귀를 쫑긋쫑긋 대더니 손가락을 꼽아가며 천천히 대답했다.

"열… 일곱. 아니, 아홉인가?"

"남은 건?"

이번에는 모피상이 침을 줄줄 흘리며 탐을 낼 만한 꼬리를 흔들어가며 대답한다.

그러는 모습이 꼭 야단맞은 강아지 같다.

"…파, 팔."

"팔?"

"팔십… 하나."

로렌스가 한숨을 쉬자 호로는 표정이 확 바뀌더니 로렌스를 째려보았다.

"전부 다 먹을 거라니까."

"아직 아무 말도 안 했는데?"

"그럼 그 한숨 다음에 뭐라고 그럴 거였는데?"

잠시 뜸을 들인 뒤 로렌스는 대답했다.

"전부 다 먹을 수 있겠어?"

짝 째려보는 호로의 시선을 받아넘긴 뒤 로렌스는 자세를 바로 했다. 그런 뒤 양피지 다발의 끈을 풀려다가 왼팔을 쓸 수 없다는 것이 생각났다.

며칠 전 소동의 와중에 잘못하여 나이프에 찔린 것이다.

하지만, 그 소동 덕분에 여행을 하다 우연히 만난 호로와의 사이에 돈으로도 살 수 없는 강한 유대감이 생겼다고 생각한다.

그런 걸 생각하면 이런 것쯤은 아무것도 아니라고 속으로 중얼 거리면서 의자에서 일어났다.

방구석에는 말 그대로 사과가 산을 이룬 상자가 네 개나 놓여 있다. 청구서에는 사과 120개로 적혀 있었으니, 그래도 오늘 분까 지 합해 39개를 먹은 셈이다.

아무리 좋아하는 음식이라 해도 썩기 전에 다 먹어치우기는 쉽 지 않으리라.

"그렇게 고집 부릴 일이 아니잖아?"

"고집 부리는 거 아냐."

"정말로?"

거듭 묻자, 로렌스의 몇 십 배는 더 살아온 데다 보리에 깃들어 있으면서 풍작과 흉작을 자유자재로 조절할 수 있다는— 나이 수 백 세에 이르는 거대한 늑대의 화신은, 겉모습 그대로의 어린애 같은 몸짓으로 고개를 획 돌린다.

하지만 한동안 그러고 있더니 이윽고 늑대 귀가 푹 꺾였다.

"…사실은… 질릴 것 같아…"

웃었다가는 대뜸 화를 낼 터이므로 "그렇겠지."하며 동의했다.

"아무리 좋아하는 음식이라도 워낙에 수가 수이니만큼."

"하지만."

"응?"

"하지만, 반드시 다 먹을 거야."

화가 나서 노려보는 것과는 달리, 무슨 비장한 결의 같은 것이 느껴지는 시선을 보내오면서 호로는 그렇게 말했다.

그런 갑작스런 태도 변화에 놀라기는 했지만, 로렌스는 이내 호로의 기분이 이해가 됐다.

호로는 사과 120개라는 결코 적지도, 싸지도 않은 과일을 허락도 없이 자기 마음대로 로렌스 앞으로 달아서 구입했다.

그러나 그것은 호로가 제 욕심을 채우려고 산 것은 아니다.

기묘하게 들리겠지만, 호로가 로렌스의 돈을 펑펑 써대는 것은 앞으로도 둘이 함께 여행을 하는 데에 필요한 일이었다.

원래는 보리 대산지의 어느 마을에 묶여 있던 호로가, 고향인 북녘 땅으로 돌아가기 위해 로렌스에게 길 안내를 부탁한 것이 함께 여행을 하게 된 발단이었다.

하지만 세상사라는 게 그렇게 단순한 이유만으로 돌아갈 리가 있는가.

물론 호로가 사과를 산 것에 대해 로렌스는 전혀 화를 내지 않았다. 그러기는커녕, 사실은 사과뿐 아니라 상당히 고가의 옷까지 멋대로 사 입었어도 로렌스로서는 호로의 그런 행동이 바라던 바였다.

그러나 서로가 그런 점을 이해하고 있다 하더라도, 제멋대로 계약을 추진시킨 호로의 입장에서는 얼마간의 책임이 느껴지는 모양이다.

로렌스는 유유자적 유람을 다니는 부잣집 탕아가 아니라, 날이면 날마다 먼지를 뒤집어 써가면서 돈을 버는 행상인이다.

그 점은 이해하고 있으리라.

호로는 자칭 현랑이라고 하니까.

그나저나, 피식 웃음이 나올 만큼 남 생각도 잘하는 늑대다.

"그렇게 열심히 안 해도 돼."

로렌스는 산더미 같은 사과를 하나 집어 들며 말했다.

"생것은 아무래도 질리게 마련이지만, 사과에는 먹는 방법이 여러 가지가 있거든."

그러면서 당장이라도 터질 것만 같은 큼지막한 사과를 한입 베어 물려다가 호로의 시선에 동작을 멈췄다.

다 먹지 못할 듯싶을 만큼 많은 사과를 앞에 두고도 남이 먹는 것은 용납이 안 되는가 보다.

"네 몸에 탈이 나면 그건 틀림없이 사과 때문일 거야."

로렌스가 웃으면서 사과를 던져 주자 호로는 그것을 받아들고는 언짢은 듯이 덥석 문다.

"여러 가지 방법이란 게 뭔데?"

"예를 들면 구워 먹는다거나."

호로는 베어 물던 사과에서 얼굴을 떼고 유심히 들여다보더니 기분 나쁜 듯이 로렌스를 쳐다보았다.

"각오는 하고 날 놀리는 거겠지?"

"네 그 잘난 귀는 사람의 거짓말을 분간할 수 있다며?"

그 말에는 손가락으로 퉁긴 듯이 귀를 바짝 세우더니 분하다는 투로 끄응 댄다.

"사과를 굽다니… 난 상상이 안 가."

"하하, 그렇겠지. 나뭇가지에 꿰어서 불에 굽는 게 아니라, 빵처럼 화덕에서 구워내는 거야."

"으음."

말로 해서는 알 수가 없으리라. 호로는 사과를 우물우물 씹으면서 고개를 갸우뚱거렸다.

"사과파이 같은 거 먹어 본 적 없어?"

그렇게 묻자 고개를 가로젓는다.

"그렇군. 실물을 보여주는 게 가장 빠른데. 구우면 이렇게 나긋나긋해진다니까. 비유가 좀 그렇긴 하지만, 꼭 썩어문드러지기 일보직전처럼."

"흠."

"하지만 썩어가는 게 맛있는 것처럼 구운 사과도 굉장히 맛있어. 생사과를 먹으면 갈증이 풀리잖아? 그런데 구운 사과는 너무 달아서 오히려 목이 타지."

"흐… 흐음."

평정을 가장하고는 있으나 호로의 꼬리는 좌로 우로 정신없이 바쁘다.

평소에는 그토록 잘 돌아가는 머리와 입으로 로렌스를 있는 대로 갖고 놀건만, 유독 먹을 것에 관한 한은 약하기 짝이 없다.

그러니 입으로야 아닌 척 둘러대도, 귀와 꼬리에는 감정이 여실히 드러난다.

"뭐, 원래가 맛있으니 사과는 어떻게 요리를 해도 맛이 있지. 그래도 단 것만 먹어대다가는 좀 질리지?"

호로의 꼬리가 멈칫 한다.

"소금으로 간을 한 고기와 생선, 어느 게 좋아?"

그러자 지체 없이 대답이 돌아온다.

"고기!"

"그럼 오늘 저녁은—."

하던 로렌스의 말이 끊긴 것은, 침대에서 뛰어내려 수섬수섬 로브를 걸치려던 호로와 눈이 마주쳤기 때문이다.

"지금 당장 가려고?"

"안 갈 거야?"

사과를 그렇게 먹었으면서, 대체 저 작은 몸 어디로 또 들어갈 데가 있나 싶어 어이가 없었으나, 원래 모습은 로렌스쯤은 한입에 꿀꺽 할 만큼 거대한 늑대라는 것이 생각났다.

별로 상상하고 싶지 않지만, 어쩌면 호로의 뱃속은 늑대일 때와 같은 크기인지도 모른다.

"…다시 한 번 묻겠지만, 사과는 정말로 다 먹을 수 있는 거지?"

"당신 말을 듣고 확신이 섰어. 안심해도 돼."

재빨리 로브를 몸에 걸친 뒤 빙그르 허리띠를 두르자 순식간에 채비가 끝난다.

점심때가 지난 지 아직 얼마 되지 않았으나 로렌스는 얌전히 포기하기로 했다.

설득해 봐야 소용없을 게 뻔하다.

"할 수 없군. 준비할 것도 있으니 그럼 가 볼까?"

"응."

어쨌거나 호로가 저런 식으로 고개를 끄덕이며, 겉모습 그대로 소녀마냥 천진난만하게 웃으니 말이다.

열여덟 무렵부터 7년 정도를 줄곧 홀로 행상을 하며 살아온 몸으로서는 저런 웃음을 보았다가는 새삼 말을 번복할 길이 없다.

사과보다도 달콤한 웃음의 여운을 남기며 더는 못 기다리겠다는 듯이 문을 향해 걸어가는 호로의 뒷모습을 바라보며 그런 생각을 했다.

그러나 이런 생각을 호로에게 들켰다가는 또 있는 대로 놀림을 당하고 만다.

로렌스는 나직하게 헛기침을 한 뒤 자신도 외출할 채비를 하고 호로를 따라나서려다가 문득 걸음을 멈췄다.

문을 열다 말고 호로가 재미있다는 듯이 이쪽을 쳐다보고 있었기 때문이다.

"가끔은 그렇게 웃는 것도 나쁘지 않은걸?"

지금부터 사과에 질린 입가심을 해야겠다고 벼르고 있는지, 그렇게 말하는 저의가 얄밉다.

호로에 이어 방을 나서며 로렌스는 시건방진 늑대소녀에게 한마디 해주었다.

"넌 진짜 만만치 않은 녀석이야."

그러자 호로가 어깨너머로 돌아보며 어이없다는 투로 대답한다.

"당신도 제법이라고 말해 줬으면 좋겠어?"

로렌스가 항복의 표시로 어깨를 으쓱하자 호로는 소리 높여 깔깔 대며 웃었다.

슬라우드강 중류에 위치한 항구도시 파치오는 어디를 가나 인파로 넘친다.

축제가 벌어지는 중인 것도, 전쟁 준비를 하고 있는 것도 아니건만 수많은 사람들이 바삐 길을 오간다.

가축을 모는 농부, 상품을 등에 진 행상인, 주인의 심부름을 가는 길일 터인 깔끔한 차림의 소년, 오랜만에 사람 있는 곳으로 나왔는지 인파에 당황하는 수도사의 모습도 보인다.

길이 세 갈래로 교차하면 장이 선다는 말이 있듯이, 도시라는 곳은 수많은 길이 교차하니 그보다 더 많은 종류의 사람들이 찾아들고 이리저리 오간다.

그러나 그런 인파 속에 사람 아닌 것이 섞여 있으리라고는 아무도 상상하지 못하리라.

"아무렴 그렇겠지. 어디로 보건 어엿한 수도녀인걸."

"음?"

로렌스의 혼잣말에 뒤를 돌아본 호로는 입을 우물대고 있다. 사과를 그토록 먹었으면서도 노점에서 건포도를 파는 것을 보자마자 측은하기 짝이 없는 가난뱅이 같은 눈으로 졸라댔던 것이다.

"네 식비가 얼마나 들지 생각하기도 싫다고 얘기했지?"

"흐흥. 그런데, 내가 수도녀처럼 보이는 게 무슨 문제 있어?"

다 들어 놓고도 일부러 되묻는 호로의 짓궂음에 쓴웃음을 감출 길이 없다.

"문제는커녕 여행을 하기에는 아주 딱 좋아."

"호오. 고작 천 쪼가리 한 장 걸치고 말고에 요리조리 바뀌니, 인간 세상은 여전히 요상하기 짝이 없어."

"늑대도 양가죽을 뒤집어쓰면 편한 점이 있잖아?"

호로는 잠시 생각하더니 재미있다는 듯이 웃었다.

"토끼 가죽을 뒤집어쓰면 당신 같은 사람은 덫에 폴짝 걸려들 텐데."

"그럼 난 그 덫 속에 사과를 놔두지."

입을 삐죽하고는 연신 건포도를 입이 미어지도록 먹는 호로를 보자 피식 웃음이 나온다.

입에서 나오는 말이라고는 그저 혼잣말이 아니면 흥정이던 행상생활에는 없던 재미다.

더욱이, 치면 맞받아치니 즐겁지 않을 리가 없다.

"전혀 문제가 없는 건 아냐. 특히 네 경우에는."

"흠."

진지한 이야기인지 아닌지를 말투로 금세 간파했는지, 곁을 걷고 있는 호로는 농담으로 넘기는 기색 없이 다시금 로렌스를 올려다보았다.

"수도녀가 대낮부터 내놓고 술을 마셨다가는 여러 모로 문제거든. 술집이야 크게 눈감아 주기는 하겠지만, 매번 그런 걸 신경 써야 하게 되는 건 좀 그렇지."

"음. 당장이라도 떨어질 것처럼 위태위태한 흔들다리 위에서 술을 마시는 거나 다름없는 건가?"

순간적으로 저런 표현을 떠올리는 데에 그만 감탄하고 만다.

"그리고 세상에는 이런저런 사정이 많은 도시들도 많아. 특히 북쪽으로 가면 수도녀 차림이 오히려 곤란한 곳도 있거든."

"그럼 어떻게 해야 되는데?"

"한 벌쯤은 마을아가씨로 보이는 옷을 갖고 있는 게 낫겠지."

호로는 얌전히 고개를 끄덕인 뒤 남은 건포도를 한꺼번에 입 안에 털어 넣었다.

"그럼 밥 먹기 전에 사면 안 될까? 해야 할 일이 버티고 있으면 밥맛도 떨어지거든."

"얘기가 잘 통해서 좋네. 설득하는 수고를 덜었어."

"그럼 밥과 술이 먼저라고 할 줄 알았어? 나도 그 정도로 먹을 것에 사족을 못 쓰진 않아."

과연 그럴까? 하는 투로 어깨를 으쓱하자 호로는 재미없다는 듯이 손가락을 핥았다.

"흥. 당신이 모처럼 마음을 써 주는데 그에 부응해야지."

호로는 로렌스가 아니라 앞에 펼쳐진 길을 바라보면서 조용히 말하더니 설핏 웃고는 한숨을 폭 쉬었다.

"하여간 옷 한 벌에 이유도 거창하긴. 그럼 내가 그런 것도 모를 줄 알고?"

로렌스가 입가를 가린 것은 놀라서 내는 소리를 막기 위해서가 아니다.

조금 쑥스러웠기 때문이다.

"쿠후. 당신이 모처럼 옷을 사 주겠다는데 기꺼이 받아야지. 이

제부터는 춥고도 추운 겨울이니까."

"사양하는 법이 없군."

한마디 하자, 어린애 같은 표정을 짓더니 로렌스의 오른손에 훌쩍 깍지를 끼었다.

호로는 호로 나름대로 로렌스의 주머니 사정을 염려해 주고 있다. 하지만 저렇게 늘 신경을 쓰면 남자로서 영 낯이 서지 않는다.

그리고 그런 복잡한 속마음마저도 현랑은 진작 파악한 모양이다.

호로보다 한 수 우위에 서기에는 여전히 경험이 한참 부족했다.

"추워서 손이 시려."

물론 그런 말을 곧이곧대로 믿을 로렌스가 아니다.

하지만 상인은 거짓말을 하는 것이 특기다.

"그래. 추우니까."

"응."

서로가 거짓말이라는 것을 뻔히 알건만, 진실을 말하는 것보다 더 낮간지럽다.

잡다한 사람들이 수도 없이 오가는 길에서 유일하게 그 거짓말 속에 담긴 비밀을 공유한다.

그것은 난생처음 큰 거래를 성공시켜 머리에 월계관을 쓴 여왕의 초상이 새겨진 금화를 품에 넣었을 때보다도 더 흐뭇했다.

"아."

그러나 로렌스는 한창 그런 생각을 하다가 문득 한 가지 사실이 떠올랐다. 꿈결 같은 기분에서 시끌벅적한 길 위로 의식이 돌아온다.

"왜 그래?"

"돈이… 없다."

호로는 한순간 멍하더니 어이없음을 넘어 경멸하는 눈빛으로 쳐다보았다.

어쩌니 저쩌니 해도 저런 모습은 보통 마을아가씨와 다를 게 없다.

마을아가씨들은 얻을 수 있을 줄 알았던 것을 얻지 못하게 되면, 그것이 그 아무리 시시한 것이라 해도 상인 저리 가라로 집착하게 된다.

7년의 행상생활로 터득한 것 중 하나다.

"단, 명예에 관계된 것이라 말하지만, 돈이 없다는 건 네가 생각하는 그런 게 아니야."

"그럼?"

"잔돈이 없다는 뜻…."

하며 품속을 뒤적이려다가 왼팔을 쓸 수 없다는 것을 깨달았다.

약간 유감스럽긴 하지만 애써 아무렇지도 않은 척 호로의 손을 놓았다.

"아아, 역시 없네."

돈을 넣어둔 가죽 주머니 속을 들여다보며 로렌스는 그렇게 말했다.

"큰 것은 작은 것을 겸한다 하니, 돈이 없는 것은 아니잖아?"

"토끼를 잡는 데에 소 잡는 칼을 쓰는 것이나 마찬가지지. 너도 빵을 살 때 나한테 얘기했었잖아?"

"으, 거스름돈 얘기였어?"

"환전을 해야겠네. 옷가게에서 금화를 냈다가는 얼마만큼 인상을 찌푸릴지 알 수 없으니."

"흠…. 그런데."

다시금 가죽 주머니의 주둥이를 묶은 뒤 허리춤에 차는데 호로가 말을 걸어왔다.

"금화라는 게 그렇게 가치가 있는 거야?"

"응? 그야 그렇지. 예를 들어 지금 갖고 있는 뤼미오네 금화라면 트레니 은화 서른다섯 냥 전후가 시세야. 여관에 묵지 않고 술도 마시지 않으면서 아껴가며 살면 은화 한 냥으로 일주일은 족히 버틸 수 있어. 그것의 서른다섯 배라면?"

"…굉장한 거네. 하지만, 그러면 금화를 써도 상관없는 거 아냐?"

나란히 옆을 걷는 호로를 보며 그 다음에 무슨 말을 할지 예상이 갔다.

"옷은 사과와 달리 금화로 한 벌 두 벌 세는 거잖아? 이 옷도 가게에서 금화 두 냥이라고 들었는데?"

유복한 귀족 집안이 폭도로 변한 민중들의 습격을 받는 것은 사소한 말 한마디가 원인이라는 이야기를 종종 듣는다.

로렌스는 그 사소한 말 한마디란 게 다름 아닌 바로 이런 말일 것이라는 생각에 씁쓰레 웃었다.

"그런 옷을 어떻게 몇 벌씩이나 사 주냐? 옷값이 죄다 그러면 여기 사람들 대부분이 알몸 신세일 거다."

한 벌에 금화 두 냥짜리 로브였으니, 청구서를 작성한 옷가게 주인도 사실은 정말로 돈을 받을 수 있을지 어떨지 반신반의했을 것이다. 공증인 앞에서 계약을 체결하지 않은 게 이상할 정도다.

더욱이, 그런 옷을 두 벌이나 산 데다 비단 허리띠까지 곁들였다.

그럼에도 단순히 어린아이의 장난으로 치부하지 않은 것은, 호로가 어느 귀족가의 사설 수도원에 소속된 수도녀로 보였기 때문이리라.

"으…. 이게 그렇게 비싼 거였어…?"

하며 호로는 몸에 걸치고 있는 로브를 손가락으로 집으며 고개를 숙이는데, 그것이 일부러 하는 몸짓이라는 걸 모를 리 있나.

"그래. 그러니까 앞으로 사는 옷은 좀 싼 것으로 해."

순간 호로는 재미없다는 듯이 입을 삐죽하며 얼굴을 들었다.

"난 요이츠의 현랑 호로야. 궁상맞은 옷을 입었다가는 이름에 금이 가."

"정말로 아름다운 자는 뭘 입어도 빛이 난다던데?"

그 말에는 턱을 뒤로 당기며 입을 꾹 다문 채 한동안 머리를 굴리는 듯했으나, 제대로 받아칠 말이 떠오르지 않는 모양이다.

어린애가 발작을 일으키듯이 로렌스의 오른팔을 딱 때렸다.

"그나저나 환전이라…."

호로가 그러거나 말거나, 로렌스는 다른 생각을 하며 살짝 한숨을 지었다.

금화를 은화로 환전할 때는 꽤 많은 수수료를 내야 하는데다, 무엇보다 금화를 손에서 놓아야 하는 것이 몹시도 섭섭하다.

상인이 돈을 버는 것은 금화를 사랑하고 있기 때문이라며 우스갯소리처럼 말하기도 하지만, 로렌스는 그 말이 영 농담으로 생각되지 않는다.

그러나 지금은 그 문제보다 더 큰 문제가 버티고 있었다.

도시에서 화폐를 환전할 때에는 친한 환전상에게 가는 것이 정석이다. 처음 만난 환전상에게 부탁을 했다가는 여지없이 사기를 당해 손해를 입게 된다. 그러면서도 그것은 일종의 세금처럼 여겨지기 때문에 고발할 수도 없다. 그런 게 싫으면 환전상과 친해지라는 것이 환전상조합의 변명이었다.

물론 로렌스에게는 친한 환전상도 있고, 그런 일을 당할 염려도 별로 없다.

좀 더 다른 문제가 존재하는 것이다.

문제인 즉, 그 친한 환전상이 천하의 여자 밝힘증이라 호로를 한 번 데려갔더니 그만 홀딱 반해 버렸다는 것.

게다가 호로는 그것이 조금 기쁜 모양이다.

설상가상, 환전상과 호로가 즐겁게 노닥대는 것을 지켜보며 로렌스가 한심하기 짝이 없는 수컷의 습성에 내심 안절부절못하는 것까지 즐기는 것이다.

로렌스의 입장으로서는 될 수 있으면 환전을 하러 가는데 호로는 데려가고 싶지 않았다.

"환전? 그럼… 후훗."

눈치가 백단인 호로는 벌써 감을 잡아 표정이 확 바뀌더니 싱글싱글 댄다.

"자, 당신. 어서 어서 볼일을 끝내자고. 난 어서 술 좀 마셨으면 싶거든."

호로의 손에 이끌려 떠들썩한 길을 간다.

로렌스는 그 어떤 흥정을 앞에 둔 때보다도 더 복잡한 한숨을 푹 쉬었다. 그리고는 이 부드러운 손을 가진 임자의 짓궂음을 저주한 것이었다.

"1뤼미오네는 트레니 은화로 서른네 냥이 약간 웃도는 것이 오늘의 시세입니다."

"수수료는?"

"류트 은화로는 열 냥. 트리에 동화라면 서른 냥."

"류트 은화로 낼게."

"알겠습니다. 그럼… 이렇게 되는군요. 아, 조심하십시오. 길에 떨어진 것은 주은 사람이 임자인 법이니까요."

그러면서 환전상은 공손히 손 위에 은화를 올려놓은 뒤, 마치 어린애에게 하는 것처럼 은화가 놓인 손바닥을 두 손으로 포갠다.

로렌스가 뤼미오네 금화를 꺼냈는데도 환전상은 포갠 손바닥을 떼지 않았다.

그러기는커녕 로렌스를 쳐다보지조차 않았다.

"와이즈."

이름을 부르자 그제야 눈길을 준다.

"왜?"

"손님은 나거든?"

스승들끼리 친한 사이라 로렌스와는 알고 지낸 지 오래인 환전상 와이스는 여봐란듯이 한숨을 짓더니 환전대를 턱으로 가리켰다.

"금화는 그쯤에다 놔둬. 난 지금 바쁘다고."

"대체 뭐 하느라 바쁜데?"

"보면 몰라? 여기 계신 아가씨께서 은화를 떨어뜨리지 않게 막아 드리는 중이잖아."

호로의 손을 포갠 채 뗄 줄을 모르는 와이즈는 그렇게 말한 뒤 웃는 얼굴로 호로를 바라본다.

호로는 호로대로, 저런 몸짓도 할 줄 아나 싶어서 로렌스가 그만 어이가 없어질 만큼 수줍은 듯한, 그러면서도 기쁜 듯한 얼굴을 하며 고개를 숙이고 있다.

와이즈도 호로도 너나 할 것 없이 바보스러우리만큼 연극을 하는 투로 너스레를 떨고 있건만, 그 자리에 유일하게 진지한 표정인 로렌스만이 소외된 채 멀뚱히 서 있는 역이다.

"그런데요."

하며 호로가 입을 열자 와이즈의 얼굴이 바짝 긴장하면서 씩씩한 기사처럼 된다.

"이 은화가 내 손에는 좀 많은 것 같아요."

당연하지, 하며 로렌스가 끼어들기 전에 와이즈가 대답했다.

"오오, 호로 씨. 제 손은 그래서 있는 거랍니다."

호로는 흠칫 놀라더니 서글픈 듯이 말했다.

"그랬다가는 그쪽 분의 소중한 손을 쓸 수 없게 되는 걸요?"

와이즈는 고개를 저은 뒤 말을 이었다.

"당신의 손에서 은화가 흘러 떨어진다면 기꺼이 제 손을 사용하지요. 그렇다고 제가 곤란할 일은 없어요. 왜냐하면 틀림없이 호로 씨는 제 가슴 속에 있는, 이 두 팔로도 미처 다 끌어안을 수 없

으리만치 뜨거운 이 심정을 고스란히 받아주실 테니까요."

호로는 수줍음을 타는 귀족 아가씨처럼 얼굴을 살짝 돌리고, 와이즈는 진지하게 그 얼굴을 바라본다.

역겨운 대사와 따귀를 날리고 싶을 만큼 달짝지근한 대화.

최고라면 최고라고 할 수도 있겠지만, 꼭 미리 짜기라도 한 것 같은 촌극에 죽이 척척 들어맞는다는 것은 바로 이런 걸 두고 하는 말이라는 것을 보고 있는 느낌이다.

로렌스의 가슴속에 영 재미없는 감정이 싹튼다.

그래서 그만 찬물을 끼얹고 말았다.

"와이즈, '은화는 자루 속에, 금화는 상자 안에, 손에 쥐는 것은 변변찮은 동화'라는 말이 있는 것을 잊었냐?'

환전상 밑에 제자로 들어가면 가장 먼저 듣게 되는 화폐 취급법의 기초 중의 기초.

와이즈의 흥을 깨는 데에 이보다 더 강력한 것은 없다.

예상대로 와이즈는 그제야 호로의 손에서 두 손을 떼더니 머리를 긁적거렸다.

"참나, 이렇게 아리따운 아가씨를 독점하다니 하늘이 두렵지도 않은 소행이지. 네가 갖고 있는 빵을 나눠 주란 말도 몰라?"

"나눠 줬으면 좋겠냐?'

가죽 주머니의 주둥이를 풀어 호로의 손에 놓인 은화를 담으며 로렌스가 묻자, 살짝 웃고 있던 호로도 무표정이 되더니 로렌스를 힐끗 쳐다보았다.

"환전대 위에서는 빌리고 빌려주는 건 없어. 다 내어주든가 다 갖든가 하는 거지."

마지막 한 냥을 가죽 주머니에 넣은 뒤 로렌스는 농담으로 여겨지지 않을 만큼 진지한 눈빛을 하고 있는 와이즈에게 웃음을 지으며 이렇게 대답해 주었다.

"이 녀석이 나한테 진 빚도 따라갈 텐데 그래도 상관없나?"

"으."

하며 와이즈는 턱을 쭉 당긴다.

그런 뒤, 돈 이야기에 제정신을 차린 것이 약간 후회되는 듯한 표정을 지었다.

하지만 그런 일에는 익숙한 와이즈다.

이내 섭섭한 표정을 바꿔 호로를 쳐다보며 이렇게 말했다.

"나는 도저히 당신에게 값을 매기는 짓은 못해요."

호로는 그만 풋 하고 웃음을 터뜨렸지만 그래도 연극투의 몸짓으로 대답했다.

"제 마음 속의 천칭은 여전히 흔들리고 있는 중이지요. 허나, 금화의 무게로 어느 한쪽으로 기우는 일은 결코…."

"예에, 아무렴 그렇고 말고요!"

그러면서 와이즈가 다시금 손을 잡으려 하는 것을 슬쩍 피한 뒤 호로는 말했다.

"흔들리는 천칭에 손을 대다니…. 당신은 정말이지, 몹─쓸─놈."

술집아가씨가 취객을 어르는 듯한 말투에, 와이즈는 같은 남자로서 지켜보고 있을 수가 없으리만큼 얼굴이 흐물흐물해진다.

로렌스는 나만큼은 저렇게 되지 말아야지, 하는 결심을 하며 한숨 섞인 말투로 삼류연극의 막을 내려 주었다.

"자, 그만 가자."

"어? 아참, 로렌스."

"응?"

"일부러 금화를 바꾸러 온 걸 보면, 뭐 살 거라도 있냐?"

"아아, 북쪽으로 갈 거니까 옷을 좀 사려고."

와이즈의 시선이 한순간 허공을 헤맨다.

"지, 지금부터?"

"그런데…?"

하며 돌아보자 호로는 즐거운 듯이 웃고 있다.

물론 호로만큼 남의 속을 훤히 들여다보는 재주는 없어도 와이즈가 무슨 생각을 하는지는 알 수 있다.

"날이 갈수록 비싸질 테니까 가능한 오늘 중에 사 두려고."

"크윽…."

그럴 수만 있다면 지금 당장이라도 가게를 닫고 따라붙고 싶은 얼굴이었으나 피치 못할 용무가 있는 것이리라.

로렌스는 방금 전까지 소외된 입장이었던 것을 복수라도 하는 양, "그럼—."하며 자리를 떠나려 했다.

그러나 그 순간, 호로가 끼어들었다.

"환전이란 것은 날이 저문 뒤에도 하나요?"

순간 와이즈는 실마리를 발견한 듯이 덤벼들었다.

"날이 저문 뒤에도 천칭을 다루는 환전상은 사기꾼으로 규정돼 있습니다. 저야 물론 사기꾼이 아니지요."

"그렇다는데, 당신?"

호로가 저러고 나오면 사소한 복수심을 한없이 불태우고 있을 수는 없는 노릇이다.

게다가 어차피 불러낼 참이었다.

이곳저곳 떠돌며 사는 행상인은 해가 진 뒤 술자리를 함께해 줄 만한 친구가 손으로 꼽을 정도밖에 안 되므로.

"옷을 사고 나면 바로 술집으로 갈 거야. 괜찮으면 일이 끝난 뒤 그리로 와."

"두말하면 잔소리지, 형제! 술집은 늘 가던 거기?"

"낯선 술집에서 취하긴 겁나니까."

"알았어, 갈게. 꼭 갈게!"

히는 말은 끼의 오노를 방해. 수위의 환전상들은 와이즈의 그런 모습을 보고도 '또야?' 하는 투로 신경조차 쓰지 않는다. 노점 앞을 떠나오는데도 와이즈는 일어선 채로 마냥 손을 흔들어댔다.

그런 모습이 재미있었는지 호로도 와이즈가 안 보일 때까지 손을 흔들어 주었다.

마침내 자세를 바로 한 것은 환전상이나 금세공사들이 줄줄이 늘어서 있는 다리 위를 다 건넌 뒤였다.

"쿠후, 역시 예상했던 대로 재미있었어."

맛좋은 술을 마셨을 때 같은 호로의 말투에 로렌스는 한숨밖에 나오지 않는다.

"너무 받아 줬더니 뒷감당이 안 된다."

"뒷감당이 안 돼?"

아름다운 수도녀가 순례 여행을 나서면, 돌아올 때의 사람 수가 떠날 때보다 불어 있다는 우스갯소리가 많이 있다.

"끈질기게 따라다닌다고."

"당신이 이미 끈질기게 따라다니는데?"

로렌스가 어이없어 하자, 호로는 한쪽 송곳니를 힐끗 내보이며 짓궂게 웃었다.

"저치는 당신과 달리 알면서 노는 거야. 당신을 놀리는 것도 재미있지만, 가끔은 똑똑한 수컷과도 놀고 싶어."

할 말이 굴뚝같건만, 로렌스의 머리로는 무엇 하나 입 밖으로 말이 나오지 않는다.

거래 흥정 이외에는 영 젬병인 자신이 새삼 한심스러워졌다.

"서로가 이건 놀이라는 걸 아니까 너무 진지하게 받아들이지 마. 내가 다 쑥스러워지네."

하고 일부러 뺨에 손까지 얹어가며 말하는 호로에게 로렌스는 떨떠름한 표정밖에 지을 수가 없었다.

"와이즈인지 뭔지 하는 저치는 당신보다는 훨씬 말을 잘하긴 하지만, 살아온 지 오래된 나는 입에서 나오는 것만큼 믿을 수 없는 건 없다고 생각해. 장사판에서 사는 당신도 그걸 영 모르진 않겠지?"

느닷없는 말에 조금 놀랐다. 호로는 얼굴은 웃고 있지만 아름다운 호박빛 눈은 그다지 웃고 있지 않았다.

호로는 오랜 세월 본의 아니게 한 마을의 땅에 묶여 보리의 풍작을 관장하는 신으로 모셔졌다고 한다. 마을사람들은 호로를 구구절절이 칭송하면서도 호로의 목에 사슬을 감은 채 땅에서 놓아주지 않았다. 그러다 용도가 다하자 손바닥 뒤집듯 돌변한 태도도 냉혹했다.

그 생각을 하면 무서운 이야기다.

하지만, 그렇기 때문에 더더욱 호로가 자연스럽게 잡은 손이 따스하다.

"어, 그래. 나도 내가 이득을 보기 위해서는 얼마쯤 거짓말을 하니까."

"나한테는 안 통하지만."

후드 밑으로 의기양양하게 귀를 쫑긋대는 것이 느껴져 로렌스는 피식 웃고 말았다.

"그럼 옷을 사러 가 볼까?"

"음."

그러기 이떤 옷이 오로에게 어울릴까. 로렌스는 그런 생각을 눈치 채이지 않게 하는 것만으로도 벅찼다.

호로가 전에 산 것 같은, 한 벌에 금화 한두 냥씩이나 되는 옷은 기본적으로 새 것이다.

그러나 마을사람은 새 옷을 입는 경우가 거의 없다.

한 번 지어진 옷은 구멍이 나고 닳아 떨어질 때까지 입혀지다 누더기가 된 뒤에도 헌옷으로 팔려나가고, 여기저기 꿰매고 기워 되살아난다. 부자 상인의 맞춤옷은 그보다 약간 급이 낮은 상인이 사고, 그 상인이 입다가 떨어지면 하인이 입는다. 그 하인도 다 입고 나면 이제 제자를 키우는 양재 직인에게 팔려나가거나 알몸이나 다름없이 여행을 하는 수도사에게 기부된다.

이런 흐름의 어디에 위치하느냐에 따라 그 자의 사회적 위치를 한눈에 알 수 있다.

금화 두 냥으로 옷을 맞춘다는 것은 실제로는 엄청난 일인 것이다. 로렌스도 맞춤옷이라고는 호로가 지난번 소동의 와중에 망가뜨린 단벌옷뿐이었다.

그것을 아는지 모르는지.

옷을 둘러싼 흐름 중에서도 상당히 바닥 쪽에 가까운 헌옷을 취급하는 노점 앞에서 호로는 노골적으로 불만스런 표정을 짓고 있었다.

"음⋯."

하며 한숨인지 뭔지 알 수 없는 소리를 흘리며 호로가 집어든 것은 필시 나무껍질을 우린 물로 염색했을 갈색 옷.

원래 때에 찌든 것을 수도 없이 빨아 더는 빠지지 않게 된 색깔이라 해도 모를 것이다. 그 정도로 낡아빠졌다.

"그쪽은 40류트입니다. 가격에 비해서는 괜찮지요?"

주인의 설명에도 애매하게 고개를 끄덕이더니 결국 호로는 옷을 진열대 위에 돌려놓고는 노점 앞에서 세 걸음 뒤로 물러섰다.

자신의 마음에 드는 게 없다는 의사 표시일 텐데, 그러는 모습이 영락없는 귀족의 딸 같아 로렌스는 쓴웃음이 나왔다.

"주인장, 북쪽으로 가려고 하는데 적당히 두껍고도 싼 것으로 두 사람 분을 좀 찾아봐 주시겠소?"

"예산은 얼마쯤 세우셨는지?"

"트레니 은화 두 냥."

"예, 그럽지요!"

이 시기에 팔리는 옷은 일상적으로 입는 평상복이 아니라 추위를 막기 위한 짚단이나 매한가지다. 색깔과 생김새는 둘째 문제다. 옷의 형태를 유지하면서도 가능한 두툼한, 거기다 벌레가 끓지 않는 것이라면 만만세.

그런 상품들은 북에서 중장비를 갖추고 남으로 내려온 사람들이 와서 팔고, 앞으로 북쪽으로 가려는 사람들이 와서 산다.

호로가 손에 들었던 누더기도 몇 년은 북과 남을 왕복한 것이리라.

그런 옷은 한 벌에 얼마가 아니라 한 더미에 얼마가 당연했다.

"위아래 한 벌에 모피 두 장을 얹어서 이 정도면 어떻겠습니까?"

"글쎄…. 나는 보다시피 행상인이오만, 이번 장삿길에서 이곳에 각별한 친분이 쌓인 상회가 생겼다오. 그 상회란 다름 아닌 '밀로네 상회'인데…."

이 마을에서도 손꼽히는 상회의 이름에 노점 주인의 볼살이 움찔한다.

"그래서 앞으로 일 년에 몇 차례씩 오게 될 것 같소."

이런 헌옷가게의 단골은 금전 여유가 있는 행상인이다.

그것도 빈번하게 이곳을 드나드는 행상인이라면 금상첨화.

한 벌에 얼마나 비싼 가격으로 파느냐가 아니라 얼마만큼 많이 파느냐에 달린 장사이니, 로렌스의 그 한마디에 노점 주인의 얼굴이 빙그레한 웃음으로 변한다.

"그러십니까? 알겠습니다. 그럼 이쪽 외투에 모피 한 장을 더 얹어드리지요. 물론 연기를 쐬어 놓은 겁니다. 2년은 벌레가 끓지 않을 걸 보장하지요."

누덕누덕 기운 외투에, 납작 눌려 말라비틀어진 빵처럼 딱딱한 모피이긴 했으나, 이런 것도 북녘 땅에 가서 조달하자면 적잖은 값을 치러야 할 것이다.

로렌스는 만족스럽게 고개를 끄덕인 뒤 오른손을 내밀었다.

악수와 함께 계약이 맺어지자 점주가 재빨리 삼베 끈으로 옷 보따리를 묶는다.

그런 모습을 바라보고 있는데 문득 뒤에서 옷을 잡아당겨 돌아보았다.

예상대로 호로의 언짢은 얼굴이 있었다.

"내 옷을 사러 온 거 아니었어?"

"그랬나?"

당연한 걸 뭘 물어보냐는 투로 대답하자, 호로의 얼굴에서 점점 생기가 가신다.

꼬리를 손질하는 것밖에 관심이 없는 듯해도, 나름대로 옷이 기대가 되었었나 보다.

하지만 썰물이 빠져나가듯이 실망하는 표정을 지은 직후, 다시 밀려온 파도는 분노의 빛으로 물들어 있었다.

"나한테… 그걸 입으라는 거야?"

"그 로브만 가지고 추위를 견딜 수 있다면 별로 상관없지만?"

그러자 옷을 덥석 잡아당기더니, 점주에게 들리지 않게 하려고 그러는 것인지, 아니면 단순히 너무 화가 나서인지 크르릉대듯 나직한 소리로 줄줄이 말을 쏟아냈다.

"내가 당신 돈을 멋대로 쓴 것에 화가 났다면 그렇다고 말을 해. 난 현랑 호로야. 머리와 기량도 뛰어나지만 코도 뛰어나. 그딴 걸 입는 날에는 코가 비뚤어지고 말 거야."

188

"조금은 고생을 해봐야 비뚤어진 근성이 고쳐질지도 모르지."

바로 가슴을 얻어맞는 바람에 로렌스는 기침을 작게 콜록대면서 놀리는 것은 이만 접기로 했다.

"화내지 마. 내막을 밝혀 줄 테니까."

이를 드러내며 으르렁댈 기세인 호로를 손으로 제지하며 로렌스는 옷을 꾹꾹 묶고 있는 주인에게 말을 걸었다.

"주인장, 좀 의논할 일이 있소만."

"으으으으으… 웃차. 예?"

"여자 옷으로 어디 괜찮은 것 좀 없소?"

"여기 있이요!"

"북쪽 마을에서도 곤란하지 않을 차림새로, 크기는 이 녀석한테 맞춰서."

하는 것은 물론 호로를 가리킨 말.

노점 주인의 거리낌 없는 시선이 호로에게 쏠린 뒤 로렌스도 힐끗 돌아본다.

점주의 머릿속에서는 눈이 핑핑 돌 만큼 손익계산이 이뤄지고 있을 게 분명하다.

로렌스의 주머니 사정은 물론이고, 호로와 로렌스의 관계, 로렌스가 호로에게 얼마만큼 돈을 쓸 것인가까지 생각하고 있으리라.

또한, 이 시절에서 미장의 일품을 괜찮은 가격에 내놓으면 앞으로도 로렌스와 좋은 관계를 쌓을 수 있을 테니, 그때 발생할 이익은 어느 정도일지도 대충 따져 보고 있을 것이다. 헌옷장사는 이용객이 많은 대신 동종업자 사이이 경쟁이 치열하다. 장삿길에 빈번히 찾아 주는 단골을 확보하는 것은 매우 큰 이득이라 할 수 있다.

호로의 옷을 산다면서 한 더미에 얼마씩 파는 노점으로 온 것에는 이유가 있다.

호로가 몸에 걸치고 있는 로브는 어린애가 보기에도 고가품이라는 것을 금세 알 수 있다. 그런 옷을 입은 자를 데리고 싸구려 헌 옷을 취급하는 가게로 가면, 그것은 토끼 앞에서 소 잡는 칼을 휘두르는 것이나 매한가지.

거래의 기본은 상대보다 우위에 서는 것이다.

"알겠습니다. 잠시만 기다려 주십시오."

말에게 먹이는 여물도 이보다는 더 얌전히 쌓겠다 싶게 묶어 올린 옷과 모피 더미를 노점 진열대 위에 쿵 내려놓은 뒤 점주는 안쪽에 있는 상품 더미로 손을 뻗었다.

이런 노점은 상품을 들였다가 다른 데로 넘기는 것이 생명이라, 그러기 위해서는 상당히 수상한 물건도 들이기를 주저하지 않는다.

요컨대 장물이 상당히 많고, 개중에는 꽤 그럴싸한 옷도 섞여 있다.

흙속에 묻힌 진주를 찾아내는 데에 이보다 더 안성맞춤인 곳은 없다.

"이런 건 어떻습니까? 어느 상인 댁에서 옷을 바꾸실 때 제게 파신 겁니다만."

하며 꺼낸 것은 깃이 달린 셔츠로, 긴 치마와 함께 푸른색으로 염색되어 있다.

여기에 깨끗한 흰 앞치마를 하고 반듯이 서면 순식간에 귀족가의 하녀 완성이다. 색이 바란 것도 소매가 닳은 것도 아니니 아마도 장물이리라.

하지만 아무리 좋은 물건이라도 호로가 마음에 들어 할지 어떨지.

로렌스가 그런 생각에 호로를 돌아보자, 호로 역시 썩 내키지 않는 표정이었다.

"마음에 안 드십니까?"

"저렇게 야단스러운 건 싫어."

역시 호로가 만약에 귀족가의 딸로 태어났다면 드레스보다는 삽옷을 좋아하는 아가씨로 근방에 소문이 자자하리라.

"좀 더 간단한 것이 좋아. 입고 벗기 편한 것으로."

그 말에 로렌스는 점주와 얼굴을 마주하며 웃었다.

간편한 차림의 여성은 그것만으로도 매력적이다.

"그러시다면…."

빙그르 몸을 돌려 점주는 다시금 옷 더미에서 보석을 찾기 시작했다.

입고 벗기가 편한 것이라면 로브처럼 걸치기만 하면 되는 계통이 좋다.

자, 그런 쪽이면서 호로가 마을아가씨로 보일만한 것에는 어떤 게 있을까.

로렌스는 그런 생각을 하면서 점주의 등을 바라보고 있었는데, 문득 눈길을 잡아끄는 것이 있었다.

"주인장, 저건?"

"예?"

양손으로 얇은 외투를 받쳐 든 점주가 돌아보다가 이내 로렌스가 가리키는 쪽으로 시선을 돌린다.

그리고 눈길이 머문 곳에 있는 것.

부드러운 갈색의 가죽 케이프다.

"과연. 이것을 점찍으시다니 대단하십니다."

옷 더미에 거의 묻혀 있다시피 했으나, 점주가 더미 속에서 곱게 잡아 빼낸 그것은 생각했던 대로의 물건이었다.

"이것은 어느 귀족 분이 사용하시던 일등품이지요."

대뜸 시작된, 거짓말인지 사실인지 알 길 없는 점주의 설명은 뒤로 한 채 호로를 쳐다본다. 호로도 싫지 않은 눈치다.

"가죽도 무두질이 곱게 돼 있고. 여기 보십시오. 끝을 깔끔하게 꿰매 웬만해선 찢어질 리가 없습니다. 그리고 또 보셔야 할 것은 바로 이 호두 단추. 이걸 이렇게 어깨에 걸치고… 여기 이… 웃차. 여기 이 귀족님 댁 고용인들을 위해 특별히 제작된 삼각건을 쓰면 순식간에 마을 최고의 아가씨가 되는 것이지요."

거창한 설명과 함께 케이프와 삼각건을 건네받은 로렌스는 슬쩍 보기만 한 뒤 호로에게 넘겼다.

호로는 잠깐 코를 킁킁대더니 "토끼였어?"하며 중얼거렸다.

"왜? 먹고 싶어졌어?"

그러자 호로는 소리 없이 웃은 후 고개를 들었다.

"이것으로 할게."

"그렇다는군. 주인장, 얼마요?"

"감사합니다. 두 개에 트레니 은화 열 냥. 아니, 아홉 냥이면 어떻겠습니까?"

꽤 싼 값이다.

앞으로 로렌스와 좋은 관계를 쌓자는 생각에 투자한 셈이리라.

그러나 분명히 아직 더 깎을 여지가 있을 것이다.

그런 생각에 로렌스가 떨떠름한 표정을 짓자 노점 주인은 재빨리 말을 이었다.

"알겠습니다. 그럼 이쪽의 어여쁜 아가씨를 봐서 여덟 냥 하죠."

아무렴 그렇게 나와야지 싶어 피식 웃고는 여덟 냥이면 사도 되겠다며 로렌스가 말을 하려는 순간, 호로가 훌쩍 끼어들었다.

"그럼, 그렇게 예쁜 내가 이걸 걸치는 모습을 보여주는 것을 봐서 일곱 냥으로 하면요?"

멍 하고 숨 쉬는 것도 잊은 듯이 굳어 있던 주인은, 호로가 작은 머리를 갸웃거리며 웃자 정신을 차리고는 쿨럭 쿨럭 기침을 해댔다.

호로 또래의 딸이 있다 해도 이상하지 않을 나이다.

"알겠습니다. 그럼 일곱 냥에 해드리지요."

"고마워요."

그러면서 케이프와 삼각건을 꼭 껴안는 호로의 웃음에 노점 주인은 다시금 기침을 터뜨렸다.

곁에 있는 로렌스로서는 7년 간의 행상생활로 쌓아온 흥정술보다도 상냥한 그것에 쓴웃음을 짓는 수밖에 없었다.

그리고 실제로 옷을 갈아입은 호로는 열이면 열 사람이 다 놀아볼 만한 마을아가씨였다.

노점 주인의 앞에서 기막히리만큼 민첩하게— 귀를 내놓지 않은 채 삼각건을 머리에 두르더니, 로브도 가슴께에 잠겨 있는 단추를 푼 뒤 훌훌 벗어 허리에 두른 치마처럼 만든다. 그런 다음 마지막으로 케이프를 걸치자 끝.

호로에게는 인간의 것일 수 없는 짐승의 귀와 꼬리가 있다는 것을 아는 로렌스로서는 마법을 부리는 것처럼 훌륭한 동작이었다.

노점 주인의 평가도 뜨거우니 호로도 만족해 했다.

그런 식으로 옷을 산 뒤 가게를 나서 한동안 있은 후, 문득 호로가 말을 걸어왔다.

"옷, 비싸지 않았어?"

"아니? 그 정도 질에 은화 일곱 냥이면 잘 산 축일걸?"

솔직히 말했으나 왼쪽 옆에서 걷고 있는 호로의 얼굴은 그다지 석연치가 않다.

오른쪽 어깨에 걸고 있던 옷 다발을 다시 고쳐 멘 뒤 로렌스는 웃으며 되물었다.

"더 깎을 자신이 있었어?"

그러나 호로는 웃지 않은 채 천천히 머리를 가로젓고는 차분히 대답했다.

"당신이 지고 있는 옷 같은 것이었으면 이것의 10분의 1이면 됐겠지?"

"아아."

그런 얘기였군, 하고 이해가 되었다.

"사실은 좀 더 비쌀 줄 알았었으니까 신경 쓰지 마."

호로는 작게 고개를 끄덕였으나 역시 표정은 아직 개운치 않다.

"네가 지금부터 마실 술을 조금만 삼가면 은화 일곱 냥 정도야 눈 깜짝할 새에 절약이 될 텐데 뭘."

"그 정도로 마시진 않아."

그러더니 그제야 약간 웃는다.

"하지만 값을 깎는 너의 그 기술은 좀 치사하더라."

"응?"

"아무리 수완이 뛰어난 상인이라도 거기엔 못 당하잖아?"

"흥, 수컷은 하나같이 멍청하니까."

호로는 평소의 짓궂은 웃음을 지으며 말한 뒤, 로렌스가 어이가 없이 킨 숨을 깃지 뒷밀을 이었다.

"당신은 그 짐을 어떻게 할 거야? 이대로 술집으로 가져갈 거야?"

"이거? 아니, 가지고 안 가."

그러자 약간 이상한 듯한 표정을 지었다.

"숙소로 돌아가는 길은 저쪽 아냐?"

"아니, 여관에도 가지 않아."

"응?"

"이건 이대로 다른 옷가게로 가져가서 팔 거야. 방한복은 조금 더 북쪽으로 올라간 뒤에 사도 충분해."

거짓 없는 대답이었으나 호로는 무슨 엉뚱한 소리냐고 들은 것처럼 놀란 눈을 했다.

"팔… 거야?"

"응. 쓸 것도 아니면서 갖고 갈 수 없잖아?"

"음…. 그건 그렇지만…. 그런데, 비싸게 팔릴까?"

"글쎄? 본전치기… 는 어렵겠지? 조금 손해를 보겠지."

호로가 점점 의아한 듯이 고개를 갸웃거리는 것이 더없이 재미있었다.

"손해를 보는데도, 판다… 는 건…. 음…."

"모르겠어?"

"잠깐만. 지금 생각하는 중이야."

진지하게 궁리하기 시작한 호로를 보며 웃은 뒤, 로렌스는 가을 하늘로 시선을 돌렸다.

하늘은 평소와 다름없는 연한 파랑색이건만, 어딘지 모르게 드넓고 맑은 것처럼 보였다.

"으…."

"얘기해 줘?"

낯익은 하늘에서 시선을 돌려 말해 주자 지금까지의 여행에는 없었던 길동무가 분한 듯이 끙 소리를 냈다.

"그래 봐야 대단한 일도 아니고, 결국은 네가 더 대단했지만."

"으응…?"

하며 호로의 한쪽 눈썹이 치켜 올라가는 것을 보자 로렌스는 그 것을 항복의 표시로 간주하고 내막을 밝혔다.

"이 옷 다발은 은화로 두 냥 어치. 예를 들어 이것을 다른 가게로 들고 가 반값에 팔았다고 쳐. 그럼 은화 한 냥 어치가 손해지."

"음."

"하지만, 여기서 발상을 전환해 봐. 네가 입고 있는 로브는 누가 보더라도 고가품이란 걸 알 수 있어. 그런 걸 입고 있는 사람은 그런 가게에는 사실 절대 오지 않을 손님이라 해도 과언이 아니지.

그러니 그런 가게에 널 데리고 간 나와 어떻게 해서든지 좋은 관계를 맺고 싶을 거야. 자, 그 순간 그 가게는 어떻게 할까?"

호로는 재깍 대답했다.

"물건을 싸게 팔아."

"그렇지. 거기에서 끌어낼 수 있는 것은?"

현랑을 자처하는 호로의 눈빛이 한순간 아득해진다.

로렌스는 웃으면서 다음 말을 이었다.

"옷 다발을 살 때 그 가게 주인은 값을 많이 깎아 줬어. 그리고 그 다음에 네 옷을 살 때에도 꽤 많이 깎아 줬지. 그건 자기가 인심을 써 두면 앞으로도 내가 물건을 사러 와 주리라고 생각했기 때문이야. 어쨌거나 저쨌거나 은화를 두 냥씩이나 내고 걸레쪽이나 다름없는 옷을 사 줬으니까. 하지만 그 두 개의 물건 사이의 가격 차는 상당히 커. 여기에서 이끌어낼 수 있는 것은 무엇일까?"

호로만큼 머리회전이 빠르면 이내 해답이 나오리라.

그리고 로렌스는 잠시 후 예상이 맞았다고 확신했다.

"요컨대… 당신이 그 옷 다발을 팔았을 때 입은 손해와, 당신이 그 옷 다발을 샀기 때문에 그 가게 주인이 깎아 줘서 본 이득의 차이를 따져 보면, 옷 다발을 되팔아서 손해를 본다 해도 전체적으로 보면 이득인 거네?"

왼손으로 칭찬하는 투로 머리를 쓰다듬어 줬다가 호로에게 냅다 얻어맞고 격통에 끙끙거린다.

"흥! 비열한 수법이잖아. 진짜 비열해."

"이야야…. 그렇다고 때려?"

"멍청이. 하여간 그런 수를 잘도 생각해낸다니까."

"이런 게 장사의 지혜라는 거야. 그래 봐야 네 재주가 더 뛰어났지만."

자조하는 듯이 로렌스가 웃자 호로도 어이없어하며 웃었다.

"당연하지. 당신의 얕은 꾀 따위론 내 책략은 못 이겨."

"말 다했어?"

"호오, 그럼 이길 수 있다고?"

그러면서 눈을 가늘게 뜨고 요염하게 웃는다.

저런 얼굴도 잘 어울리니 여자라는 존재는 약았다.

하지만 무엇보다 약은 것은 호로가 그것을 자각하고 있다는 것이다.

"뭐, 당신한테 그럴 자신이 있다면 이번 술자리에서 어디 솜씨한번 구경해 볼까?"

손을 팔랑팔랑 내젓는 호로의 모습에 로렌스는 말문이 막혔다.

깜박하고 있었는데, 와이즈도 술을 마시러 온다.

"얼마나 비싼 값에 날 사 줄 수 있을까아?"

그러면서 호로가 웃자 로렌스도 가만있을 수는 없다.

비장의 한마디로 받아쳐 주었다.

"사 줄게. 단, 지불은 사과로."

호로는 허를 찔린 듯이 눈이 약간 동그래지더니 분한 듯한 웃음을 지으며 로렌스에게 몸을 기대왔다.

"당신도 꽤 빡빡한 데가 있어."

"구우면 조금은 달아질지도 모르지."

호로는 소리 없이 깔깔댄 뒤 행여 부서질세라 조심조심 로렌스의 왼손을 부드럽게 잡았다.

"달군 수컷은 너무 달아서 못 먹어."

"그럼 넌?"

상처가 아프지 않을 정도로 힘주어 되잡으며 로렌스는 묻는다.

"시험 삼아 한번 깨물어 보시지?"

어깨를 으쓱하며 웃은 뒤 올려다본 하늘엔 아주 아주 맑은 파랑이 펼쳐져 있었다.

〈사과의 빨강, 하늘의 파랑 끝〉

늑대와 호박빛 우울

하게 취기가 돈다 싶었다.

호숫물도 거뜬히 다 마셔낼 것이란 소리를 듣던 이 현랑 님이 보리 향 나는 색깔 있는 물 한 잔에 이 정도라니 하며 의아해 한 것도 한순간. 두 잔째를 마시는 도중에 얼굴에서 불이 났다.

게다가, 취기는 이렇게 도는데 기분은 영 아니올시다. 술이 안 좋은 거라 그러나 싶어 코를 킁킁대 보기도 했지만 잘 모르겠다.

끝내는 시야가 흔들대고 눈꺼풀까지 묵지근한 데다 테이블 위의 요리들이 부옇게 보였다. 굵은 바위소금을 발라 구워 기름이 뚝뚝 떨어지는 소 어깨살이 눈앞에 있건만, 식욕이 통 솟지 않는 것은 또 어찌된 일인가.

아니, 그 이전에 자신이 음식을 얼마만큼 먹었던가를 생각해 본다.

어쩌면 몸 상태가 별로인 것일 수도 있다고, 이 단계에 들어서야 비로소 자각을 하기 시작했지만, 그렇다면 더더욱 큰일이다 싶다.

이게 평상시 늘 먹던 자리라면 상관없다. 기분이 안 좋다고 호소하면 길동무는 틀림없이 이쪽이 무안해질 만큼 이래저래 극진히 간병을 해줄 것이다.

하지만 지금 이 작은 원탁에 둘러앉아 있는 것은 자신과 길동무만이 아니다.

길동무가 멍청한 탓에 휘말리게 된 일대 소동을 거쳐, 모든 것이 무사히 마무리된 것을 조촐하게 축하하는 자리인 것이다.

모처럼 분위기 좋은데 내가 망칠 수는 없다. 축하파티라는 것은 아무리 사소한 것이라도 아주 중요한 것이니까.

그러나, 여기서 쓰러지면 안 된다 싶은 것은 그렇게 성실한 이유에서만은 아니다.

오히려 가장 큰 이유는 눈앞에 앉아 있는 다른 한 존재에게서 찾아야 할지도 모른다.

어두운 금발에 빈약한 몸매의 양치기 계집애.

저것의 눈앞에서 꼴사나운 모습을 보일 순 없다.

"그나저나, 양이 바위소금을 찾아낼 수 있는 줄은 몰랐습니다."

아까부터 이어지고 있는 양에 관한 이야기에, 길동무가 새삼 감탄했다는 듯이 그렇게 말했다.

열대여섯 살쯤 됐을 양치기 계집애에 비해 길동무는 스물서너 해를 살아온 느낌. 아무리 현랑이라도 인간세상의 전부를 이해하고 있는 것은 아니지만, 작은 테이블을 사이에 두고 저렇게 친하게 이야기를 하는 것을 보면 어쩐지— 음, 한 쌍처럼 보이기도 한다.

"왜 그런지 그 애들은 소금기를 무척 좋아하거든요…. 예를 들어 바위에 소금을 살짝 비벼 두면 한도 끝도 없이 계속 핥아대죠."

"아, 그 얘기가 진짜였습니까? 언젠가 들은 소문인데, 머나먼 어느 노시에서는 양을 이용한 별난 교문이 있다는 얘기를 언뜻 들은 적이 있거든요. 그때는 말도 안 된다고 생각했는데요."

"양을 이용해서요?"

양치기 계집애. 노라인지 민지 히는 이름의 그것이 흥미진진한 듯한 눈길을 보내온다. 순진하면서 순종적일 것만 같은, 보고 있기만 해도 확 잡아먹고 싶어지는 양 같은 눈이다.

그 양 같은 양치기 계집애가 말을 하면서 원탁 한가운데에 큼직하게 놓여 있는 쇠고기 덩어리로 손을 뻗었다. 아까부터 추가되는 요리는 전부 소 아니면 돼지, 생선이다. 양고기는 없다.

양치기가 동석해서 양 요리를 시키지 않는 것이겠지만, 나한테는 그런 얘기를 전혀 안 했다.

그렇다고 "양고기가 먹고 싶은데."라며 떼를 쓰는 건 현랑의 품위와 관계가 있다.

아니, 그런 건 상관없다. 사소한 문제에 지나지 않는다.

중요한 것은 이쪽의 몸 상태가 별로인 것을 길동무가 전혀 눈치채지 못하고 있다는 점과, 그러면서도 양치기 계집애를 위해서는 바지런히 쇠고기 덩어리를 나이프로 얇게 저며서 접시 대신 빵 위에 얹어 주고 있다는 점이다.

부아가 나서 손이 제멋대로 술을 입으로 가져왔으나, 아까부터 계속 아무 맛도 안 난다. 속만 부글부글할 뿐이다.

머릿속에서는 긍지 높은 늑대인 또 하나의 자신이 '어허, 참.' 하며 어이없어하고 있다.

하지만 어쩔 수가 없다. 몸이 불편하면 심기도 덩달아 불편하기 마련이거늘, 눈앞에는 얄밉기 짝이 없는 양치기까지 있다. 게다가 그것이 하필이면 길동무인 행상인의 취향인, 비리비리 말라 순종적인 인상의 계집애인 것이다.

저딴 가냘픈 계집애가 취향이라니 진짜 멍청함의 극치라고 말하고 싶은 마음이 굴뚝같지만, 그런 말을 입 밖에 냈다가는 자신이 더할 바 없는 얼간이 취급을 당하게 될 것을 잘 알고 있다.

방어가 상책이다.

성미에 맞지 않는 싸움은 유난히 체력 소모가 심하다.

"도시 이름을 잊어버렸습니다만, 그 도시에서는 고문을― 그래요, 양한테 발바닥을 핥게 한다지 뭡니까."

"예? 양한테요?"

약해 빠져 보이는 계집애이니 빵에 고기를 얌전히 끼워서 깨작깨작 먹겠거니 했는데. 웬걸, 한입에 그걸 다 넣는다.

하지만 입이 작은 데다 눈치를 보면서 넣는 바람에 제대로 씹지를 못한 채 야갑 어쩔 줄을 몰라 했다

좀 더 입을 크게 벌려서 우적우적 씹으면 될 것을, 하고 한마디 하고 싶은데, 그 모습을 바라보고 있는 길동무의 얼굴이 헤벌쭉 풀어져 있다.

울컥함과 함께 잘 기억해 둔다.

인간의 모습일 때는 저러는 게 좋은 건가 보다, 하고.

"예에, 양한테 핥게 시킨답니다. 그것도 발바닥에 소금을 발라서요. 처음에는 죄인이 간지러워서 웃어댄다고 하죠. 하지만, 한도 끝도 없이 양이 핥아대니 나중에는 그것이 심한 고통으로 변하여…."

다소 술기운이 돌았는지 과장된 몸짓으로 말하는 품이 꽤나 그럴 듯하다.

이곳저곳 여행을 다니면서 이런 이야기를 하는 게 익숙한 것이리라.

하지만 나한테 해준 적은 한 번도 없다.

지끈 하고 관자놀이 언저리가 쑤시면서 스며드는 듯한 두통이

인다.

"하긴, 제가 육포를 먹은 뒤에 손을 이리저리 핥으려고 하면 양들이 몰려와서 애를 먹는 적이 있어요. 착한 아이들이긴 하지만 뭐랄까, 정도를 모르는 게 좀 무서울 때가 있죠."

"그런 점에서는 같이 다니는 기사(騎士)가 말귀를 잘 알아듣는 것 같더군요."

쫑긋 하고 늑대 귀가 움직이고 말았지만 아마도 길동무는 알아채지 못했으리라.

양치기가 같이 다니는 기사라는 건, 저 열 받게 하는 양치기견을 가리키는 것이다.

"에네크요? 음…. 에네크는 에네크 나름대로 가끔 너무 노력을 한다고나 할까, 융통성이 없는 면이 있어서요."

라고 노라가 말하자 발밑에서 항의하는 투의 울음 한 번.

테이블 위에서 흘러 떨어진 빵부스러기며 고기조각을 주워 먹고 있는 것이다.

시시때때로 테이블 밑에서 이쪽으로 시선을 보내오는 게 느껴진다.

개 주제에 고결하신 늑대 님에게 경계심을 있는 대로 드러내다니.

"그렇다면 역시 양치는 솜씨가 대단하신 거네요."

양치기가 놀란 듯이 눈이 휘둥그레지더니 약간 얼굴을 붉힌 것은 술에 취한 탓은 아닐 것이다.

화르륵 하고 꼬리털이 로브 밑에서 곤두섰다.

테이블 밑에서 이쪽을 비웃는 것처럼 개가 숨을 할딱거리는 것이 들린다.

시야가 별안간 확 일그러진 것은 화가 나서 그런 게 틀림없다.

"그런데 노라 씨는 앞으로도 자신의 꿈을?"

꿈.

그런 단어에 몸을 움찔 하고 나서야 비로소 자신이 깜박 졸고 있었던 것을 깨달았다.

혹시 지금까지의 열 받는 대화 전부가 꿈이었던 건 아닐까… 하다가 당황하여 '그건 아니지.' 했다.

~~볼견저으로 목이 처지다~~

하지만 여기서는 눈치 채이지 않게끔 하면서, 숙소로 돌아갈 때까지 어떻게든 참는 수밖에 없다.

무엇보다 이곳은 적지(敵地)다.

자신의 영역에서는 효과적인 수단도, 적지에서는 역효과를 낼 가능성이 높다.

모처럼 가진 축하자리에서 기분이 좋지 않다고 말하면 분위기는 확실히 깨지고도 남는다. 비난은 모조리 나한테 쏟아지게 된다.

하지만 내게는 숙소의 좁은 방이라는 나의 영역이 있다.

숙소로 돌아간 뒤에 비로소 기분이 좋지 않다고 말하면, 이 사냥은 그야말로 성공한 것이나 진배없다.

덤불 뒤에 내가 숨어 있는 줄도 알아채지 못한 채 깜박 모습을 드러낸 토끼를 사냥하는 것이나 다름없다고나 할까.

그렇다면 역시 이 자리에서는 추태를 보일 수 없는 노릇이다. 나도 힘을 내어 테이블 위의 고기를 집으려 했으나, 팔을 들어올리기조차 귀찮아 접시에 손을 내밀다 말았다.

이날의 가장 큰 실수는 이것이리라.

"뭐야, 벌써 취했어?"

쓴웃음이 섞여 있으리라는 것은 얼굴을 보지 않고도 알 수 있다.

몸은 나른해도 내 자랑거리인 귀와 꼬리는 건재하다.

길동무가 무엇을 먹으면서 어떤 자세로 어떤 얼굴을 하고 있는지는 눈을 의지하지 않고도 알 수 있다.

그러니 대신 손을 뻗어 고기조각을 집어 준 길동무가, 고맙다는 말도 하지 않는 나를 쳐다봤을 때의 표정 변화도 지겨우리만치 훤하다.

자신이 어떤 모습으로 상대의 눈에 비치며, 그것을 본 상대는 어떤 생각을 하고 있을지가 손에 잡힐 듯이 보인다.

하지만 그 순간에는 이미 그런 것이고 자시고 다 신경 쓰고 싶지 않았다.

바라는 것은 단 한 가지.

"너, 안색이…."

그저 눕고만 싶었다.

"호로!"

길동무 로렌스의 말을 끝으로, 기억은 일단 거기에서 끊긴다.

다음에 정신이 들었을 때는 숨쉬기가 힘들 만큼 묵직한 이불더미 속이었다.

언제 어떻게 여기로 왔는지 기억이 거의 없다.

애매한 기억 속에서 자신은 업혀서 이리로 왔던 것 같기도 하다.

한심하다는 생각이 드는 한편, 가슴 언저리가 푸근해지는 것은 부정 못 한다.

하지만 꿈일지도 모르니까 이내 머리 한구석으로 쫓아버렸다.

실제로 그런 꿈을 꾼 적이 있는 것이다.

만의 하나 꿈을 꾼 것을 현실로 착각하여 자칫 고맙단 말을 했다가는 저것이 얼마만큼 좋아 죽을지 알 수 없는 일이다.

무릇 현랑이라 함은― 화는 야단을 칠 때 내고, 웃음은 칭찬을 할 때 지으며, 빈틈은 상대를 방심시킬 때 보여야만 하는 법이다.

"……."

하지만. 버거울 정도로 겹겹이 쌓인 이불 속에서 꿈지럭거려 몸을 옆으로 튼다.

실수였다.

밥은 먹다 말았겠지.

축하자리의 중요함을 절절이 잘 알고 있는 자로서 우선 그것이 창피했다.

그리고, 그 계집애를 앞에 두고 자신이 추태를 보이고 말았다는 것이 창피.

이래서야 현랑으로서의 권위를 보존할 길이 없다.

떠받들어지는 것은 싫지만, 위엄은 버리고 싶지 않다.

특히 저 착해 빠진 행상인 앞에서는.

"…으."

'하지만.' 하고 생각한다.

새삼스레 이런 실수를 범했다고 해서 큰일 날 것도 없다. 지금까지 저 술에 물 탄 듯, 물에 술 탄 듯한 길동무의 앞에서 보인 추태가 적지 않았던 듯싶기도 하다.

마음에 들지 않는다며 화를 내고, 재미있다며 웃고, 순간 깜박하여 빈틈을 보이고 만다.

만난 지 아직 얼마 되지 않았건만 왠지 긴 여행을 함께해 온 것 같은 느낌마저 드는 것이, 그 하나하나를 떠올릴 때마다 마치 큰잘못이라도 했을 때처럼 가슴이 답답해진다.

물론 옛날 옛적에도 지독한 실수를 한 적이 한두 번은 있었으나, 그런 건 되새겨 봐도 가슴이 답답해질 정도는 아니다.

이번 여행에서 갑자기 그렇게 된 것 같다.

"…왜 그런 거지?"

나도 모르게 중얼거렸다.

바로 얼마 전까지 수백 년이나 홀로 보리밭에 있어서 그런가? 보리밭에서는 하루하루가 아무 일도 없이 흘러가, 어제가 오늘 같고, 내일이 모레 같은 것이 도통 시간의 구별이 가지 않는다. 가끔 생각난 듯이 시간이 진행되는 것은 1년에 한 번 있는 수확제, 두 번 있는 파종제, 그리고 서리가 내리지 않기를 비는 기원제, 비가 내리기를 비는 기우제, 바람이 불지 않기를 비는 기원제가 있을 때뿐.

손가락을 꼽아 보면, 1년 중 어제와 오늘을 구별할 수 있는 날은 기껏해야 열흘 남짓밖에 안 된다. 이쯤 되면 시간에 대한 감각은 하루이틀을 헤아리는 세세한 단위가 아니라 월 단위, 계절 단위로 바뀌고, 나머지 날은 전부 '축제가 없었던 날'로 한데 뭉뚱그려진다.

하지만 여행이라는 건 매일 다시 태어나는 것이나 다를 바 없을 만큼 나날이 신선하다.

보리밭에 있을 때는 여차하면 묘목이 거목이 될 때까지 물끄러미 지켜본 적도 있었는데, 그런 생활에 비해 이 젊은 행상인과 오늘까지 지낸 날들은 그야말로 몇 십 년 어치와 맞먹는다.

하루도 아침과 저녁이 딴판이다. 아침 댓바람부터 옥신각신 싸워대라도 점심이면 어제 싸웠느냐 싶게 입에 붙은 빵부스러기를 떼어 주며 놀려대고, 저녁에는 뭘 먹을 것인가로 또 한바탕 싸웠다가, 밤이면 내일 일에 대해 조용히 이야기를 나눈다.

이렇게 현기증이 일 정도로 변화무쌍한 적이 과연 지금까지 있었던가 하고 생각해 본다.

있었을 것이라는 대답이 돌아온다.

사람과 여행을 하거나 함께 지낸 적은 몇 번인가 있었다. 잊을 수 없는 기억도 있다.

그러나 보리밭 속에서 홀로, 딱히 할 일도 없이 어제도 그제도 했을 꼬리털 손질을 하던 때라면 또 모를까, 지금은 그런 것을 되새길 짬이 없다.

어제는 길동무가 어땠고 오늘 아침은 어땠는지. 그리고 지금 눈앞에서 저건 또 무슨 꿍꿍이인지. 그런 것에 머리를 쓰느라 너무도 바쁜 것이다.

느긋하게 고향 생각을 했다가 홀쩍대던 것노 싈봉무와 만난 직후까지만 그랬다.

두 올 세 올 꼬리털의 수를 셀 만큼 시간이 남아돌았던 나날에 익숙해 있었던 터라, 하루하루가 이토록 자극으로 넘치다 보니 눈이 빙빙 돌아서 마음 놓고 슬퍼하고 있을 수도 없다.

즐겁지 않다고 하면, 거짓말.

오히려 너무 즐거워서 불안할 정도다.

"……."

옆으로 누워 있던 몸을 앞으로 엎드리자, 이제야 비로소 자세가 바로 나왔다는 듯이 안도의 한숨이 흘러나왔다.

모처럼 사람의 모습을 하고 있으니 멋 좀 부려서 사람답게 자보자 싶은 마음이 있긴 하지만, 아무래도 이 자세 외에는 편치가 않다.

앞으로 엎드리고, 거기다 몸을 둥글게 말면 금상첨화.

사람이 70년을 살면 잘 살았다는 말을 들을 만큼 단명하는 것은 하루하루가 너무 바빠서 그런 게 분명하다.

나무들을 보라.

나무들은 어제와 오늘은 고사하고 작년과 내후년의 구별도 가지 않으니 저토록 오래 사는 것이다.

여기까지 생각하고 나니, 애초에 뭣 때문에 이런 생각까지 하게 된 것인지 기억이 나지 않는다.

"…음, 양치기였던가…."

비로소 사건의 발단이 떠오른다.

어쨌거나 그 자리는 나의 실수였다.

하지만 이곳은 숙소이고, 아무도 방해하지 않는다.

이제 저 주변머리 없는 길동무를 요리조리 놀려먹으면서 있는 대로 투정을 부려 줘야지.

다른 건 몰라도 그 식사 자리에서는 줄곧 양치기 계집애만 상대하면서 이쪽은 제대로 쳐다보지도 않았다.

위기를 넘기게 된 것은 다 이 현랑의 덕분이거늘. 그딴 양치기─, 빈약해 빠진 몸매에, 게다가 금발?

이런저런 생각을 하다 보니 다시 눈꺼풀이 무거워지고, 그것이 또 분하다.

대체 이 인간은 어디 있는 거야?

중요한 때에 곁에 없다니 정말 도움이 안 되는 수컷이다, 라고 생각하는 건 스스로 생각해도 좀 말이 안 된다 싶긴 하면서도 속절없이 화가 치미는 무렵, 발소리가 들렸다.

"──!"

하마터면 몸을 일으킬 뻔했다.

순간─ 이러니까 꼭 무슨 개 같잖아, 싶은 것이 창피하기도 하고 화도 나기도 하여 침대에 엎드렸다.

이런 경박한 짓은 거대하고 위풍당당한 늑대의 몸체를 가진 나에게는 전혀 어울리지 않는다.

어울리지 않으니까, 그런 것이 어울리는 이런 인간의 모습으로 변신할 수 있는 행운이 고맙다.

하지만 그래도 창피한 건 창피한 거다.

상대를 계략에 빠뜨리기 위해서라면 또 모를까, 자신도 모르는 새 무의식중에 그러는 건 참으로 창피한 일이다.

노크 소리가 늘린다.

대답도 하지 않은 채 문과는 반대편으로 머리를 돌렸다.

잠시 침묵이 흐르더니 이윽고 문이 열렸다.

"……."

늘 잘 때는 모포 속에 머리를 묻고 자기 때문에, 모포 밖으로 머리가 나와 있으면 대개 깨어 있다는 얘기다.

길동무도 그렇게 생각했는지 작은 한숨을 한 번 폭 쉬더니 천천히 문을 닫았다.

그래도 이쪽은 길동무 쪽을 보지 않고 얼굴을 외면한 채.

가냘픈 계집애가 취향인 길동무이니 바닥에 엎드린 나한테는 더더욱 맥을 못 출 게 틀림없다. 승리가 눈에 훤하다.

길동무가 침대 옆에 섰다.

자, 사냥이다!

그런 생각에 충분히 뜸을 들였다가 길동무 쪽을 돌아보았다.

한없이 가냘프게.

그리고 살짝 기쁜 듯이.

"..——.."

뭐라고 했는지는 자신도 모른다.

아마도 가냘프게 보이도록 연출하는 데에 효과적이다 싶은 말을 했겠지.

그런데 나중에 생각해 보니까, 이게 꽤나 많이 놀랐었나 보다.

돌아본 시선 끝에 안절부절 걱정스러운 길동무의 얼굴이 있는 게 아니라, 화가 나서 눈에 쌍심지를 켠 얼굴이 있었던 것이다.

"몸이 안 좋다는 말을 왜 안 했어?"

대뜸 한다는 말이 그거다.

"……."

놀라서 입만 뻐끔거렸다.

설마하니 야단을 맞을 줄은, 그거야말로 꿈에도 생각지 못했으니까.

"어린애도 아니니 쓰러질 때까지 몰랐었다고는 안 하겠지?"

처음 보는 길동무의 진지하게 화난 얼굴.

산 세월이 얼마 안 돼 지혜도 몸집도 변변치 않은, 그야말로 이 현랑 님의 발밑에도 못 미치는 존재이건만, 그런 얼굴은 굉장히 무서웠다.

말이 안 나온다.

지금까지 백사장의 모래알만큼 긴 세월을 살아왔지만, 야단을 맞은 적은 한 손으로 가볍게 꼽을 정도밖에 되지 않는다.

"설마, 술과 고기가 그렇게 아까웠던 거야?"

"뭣?!"

얼마간은 자신의 허영심 탓에 입을 다물었던 면이 있는 것은 인정한다.

하지만 그게 다는 아니다. 축하연의 진수성찬이 눈앞에 있다고 해서 몸이 좋지 않은 것을 감춘 것은 결코 아니다.

본의 아니게나마 신으로 불리며 오랜 세월을 살아왔다. 축하연의 중요함은 잘 안다. 그것은 절대 어지럽혀서는 안 된다. 망쳐서는 안 된다.

그런 것을 그런 천박한 이유에서…

"…미안, 미안해. 방금 것은 내 말실수였어."

길농부는 퍼뜩 성신이 들었나는 듯이 그렇게 밀했다. 띵이 꺼져라 한숨을 푹 쉬더니 고개를 외면한다.

그제야 비로소 자신이 이를 드러내 놓고 있었다는 것을 깨달았다.

"난 그런 생각을—."

한 적 없어, 라는 말은 소리가 되지 못했다.

입이 마른 탓도 있지만, 그 이전에 다시 이쪽으로 고개를 돌린 길동무의 얼굴이 입을 다물게 만들기에 충분했던 때문이다.

"정말 걱정했다고. 이게 여행하는 도중이었으면 어쩔 뻔했어?"

그제야 왜 길동무가 이토록 화를 내는지 이해가 됐다.

이곳저곳 떠돌아다니는 행상인이다.

여행하는 도중에 몸에 탈이 난다 해도 의지할 동료가 곁에 있으란 법이 없다.

오히려 그저 홀로 황야에서 끙끙대는 일이 많을 것이다.

여행 도중의 변변치 않은 식사며 노숙의 고통을 떠올린다.

길 위에서 몸에 탈이 난다는 것은, 과장이 아니라 정말로 죽음을 의미한다.

외롭다 외롭다 말은 해도, 늘 누군가가 곁에 있는 생활에 익숙한 자신과는 다른 것이다.

"…미안해."

잠긴 목소리로 조그맣게 말한 것은 연기에서가 아니다.

길동무는 한도 끝도 없이 착해 빠졌으니 정말로 걱정이 된 것이리라.

그런 것은 나 몰라라 한 채 자신만 생각했던 것이 너무도 부끄럽다.

도저히 길동무의 얼굴을 쳐다볼 수가 없어 목을 움츠렸다.

"아니…, 네가 무사하면 됐어. 감기이거나, 혹시 무슨 병은… 아니지?"

그 말에는 기쁘면서도 슬펐다.

묻는 투가 다소 겁을 먹은 느낌이었기 때문이다.

겁을 먹은 이유는 명백하다.

나는 늑대, 상대는 인간.

'이해의 영역 밖에 있는 존재' 라는 건 바로 이런 경우를 두고 하는 말이다.

"피로가 쌓여서… 그런 거겠지."

"역시 그랬군. 하긴, 병이었으면 나도 약간은 알아챘을 테니까."

반쯤 거짓말이라는 걸 안다.

하지만 그것은 지적해 봐야 소용없는 것이고, 화를 내 봐야 일만 커진다.

"그런데 혹시…"

"──?"

말끝을 흐리기에 눈으로 되묻자 길동무는 약간 주저하는 투로 대답했다.

"양파 같은 걸 먹은 게 아닌가 해서."

눈이 휘둥그레진 것은 화가 나서가 아니다.

조금 재미있었던 것이다.

"난… 개가 아니야."

"아무렴. 현랑 님이시니까."

그제야 길동무가 웃어 주는구나 하는 생각을 한 직후, 나 역시 오랜만에 웃은 것을 깨달았다.

"하지만 술과 음식이 아깝긴 해."

그 말에는 길동무 쪽이 '오!' 하는 표정이 되었다.

"난 상인이니까 그런 점에서는 빈틈이 없거든. 남은 음식은 싸 달라고 해서 가져왔지."

또다시 이를 드러내고 만다.

그러나 이건 우스워서 입술이 치켜 올라갔기 때문이다.

"—라고 말하고 싶지만."

길동무는 웃음을 거두더니 손을 쓱 내밀었다.

두툼하지도, 편히 살아온 손도 아니다.

내 손과는 명확히 다른, 군이 비교를 하자면 늑대의 발바닥에 더 가깝다고 할 수 있을 만큼 딱딱한 가죽이 덮여 있는 손.

우선 손가락이 앞머리를 조심스레 가른 뒤 이마에 닿았다.

그 손가락의 감촉이 늑대의 코랑 아주 똑같다.

코를 얼굴에 비비는 것은 친밀함의 표시 치고도 조금 과하다.

물론 그런 내색은 전혀 안 한다. 길동무도 물론 의식해서 하는 행동은 아니리라.

지극히 당연하다는 듯이 손바닥을 이마에 댔다.

"아아, 역시 열이 있군. 많이 피곤했던 거 아냐?"

"당신이 명청한 탓에… 나까지 일을 해야 했으니까."

밉살맞게 대꾸하자, 메마르고 거칠거칠한 손가락으로 코를 살짝 쥔다.

"허세도 정도껏 부려."

비아냥대는 웃음을 짓고 있으면서도 말은 어디까지나 진심인 것이 잘 느껴졌다.

부끄러워서 도저히 보고 있을 수가 없다.

코를 붙잡은 손가락에서 벗어나려는 것처럼 고개를 옆으로 돌린 뒤 모포 밖으로 한쪽 눈만 내밀었다.

"참나, 노라 앞에서 그 무슨 망신이야."

축하연을 망쳐서 그런 거겠지 싶어 한순간 몸을 움츠렸다. 그러나, 그게 아니다. 그만큼 기겁을 했던 것이다.

"그러니까 한동안 고기는 없는 줄 알아."

"으."

그런 무자비한 처사를? 하며 쳐다보자 어이없는 얼굴로 쏘아붙인다.

"그 대신 환자식을 준비해 줄 테니까 체력을 확실히 회복해 둬. 그런 다음에 술이든 고기든 실컷 먹으면 되니까."

'실컷'이라는 말에도 귀가 쫑긋했지만, 그보다 '환자식'이라는 것에 가슴이 설렌다.

늑대의 입장에서 보기엔 몸이 좋지 않으면 아무것도 먹지 않는게 당연하건만, 인간들은 어째 생각이 거꾸로다.

그러니 억지로라도 받아먹는 척하는 수밖에.

어쨌든 이제야 관심이 양치기 계집애에게서 이쪽으로 넘어왔다.

이젠 안 놓친다.

"당신이 잘 해주면 뒷일이 두려워."

길동무가 가장 기뻐할 만하면서도 허세로 들릴 밉살스런 말을 일부러 골라 한다.

현랑은 과로로 쓰러져서 몸은 못 움직이게 됐어도 머리만은 잘

굴려야만 한다.

길동무는 웃으면서 이렇게 말했다.

"그건 내가 할 소리야."

"열이 좀 나는 것 같기도 해."하며 눈을 감은 것은 길동무의 손가락이 뺨에 닿자마자였다.

이튿날 아침, 모포 속에서 눈을 뜨자마자 먼저 귀부터 기울였다.

얼간이처럼 코고는 소리는 들리지 않는다. 아무래도 길동무는 방 안에 없는 모양이다.

이어서 자신의 몸에 말을 걸어 본다. 역시 단순한 피로였던 모양이다. 아직 생 양고기는 먹기가 좀 그렇겠지만, 잘 구워서 소금을 친 것이라면 충분히 먹을 수 있을 것 같았다.

어젯밤은 한잠 푹 자라고 해서 환자식은 일단 미뤄졌다.

몸 상태도 짱짱한 데다 맛있는 음식까지 먹게 되는 것은 날이면 날마다 있는 일이 아니다.

한 달도 채 안 되는 여행길에 약간의 소동이 좀 있었기로서니 열이 날 만큼 약해 빠진 인간의 몸에 한숨을 푹 쉬면서도, '이것도 뭐 나쁘지 않네.' 하며 혼자 싱글댄다.

약한 인간의 모습이니까 길동무 앞에서는 더더욱 이런 모습으로 있고 싶다.

"멍청하긴."

그 소리는 다름 아닌 자신을 향해. 그런 뒤, 꾸물꾸물 모포 밖으로 얼굴을 내밀었다.

드넓은 경치 속에서 눈을 뜰 때의 상쾌함에 익숙해져 있다 보니 이렇게 좁은 상자 속에서 깨어나는 기분은 그다지 좋은 편이 못 된다.

이럴 바에는 좁고 춥긴 해도 짐마차의 짐칸이 더 낫겠다.

잠에서 깨어 일어나면 드넓은 하늘 아래, 아무리 들이마셔도 한이 없는 넉넉한 공기. 그런 광활한 풍경 속에 단둘이― 라는 상황이 훨씬 낫다. 천장으로 참아 줄 수 있는 것은 커다란 나무 밑동의 동굴 속에 있을 때뿐.

그런 생각을 하면서 얼굴을 옆으로 돌렸다.

옆 침대에는 역시 사람이 없다. 코를 킁킁거려 봐도 길동무의 냄새는 아주 옅었다.

설마하니 어서 건강해지기를 빌기 위해 교회에라도 가서 기도를 드리고 있나?

문득 그런 생각이 들어 킥킥대며 웃었으나 아무도 없는 탓에 금세 기분이 가셨다.

오늘도 찬 공기를 향해 흰 숨을 후우 토한 뒤, 보리 겨가 들어 있는 것 같은 베개를 꽉 끌어안았다.

이 착해 빠진 인간은 정말이지 둔해 빠졌다.

"멍청이…."

하고 중얼거린 뒤 몸을 일으키려다가 묵지근한 무게에 깜짝 놀랐다.

생각해 보면 인간의 모습으로 몸에 탈이 난 것은 몇 백 년 만의 일이다.

단 하룻밤 새에 이렇게 쇠약해질 수도 있다는 것을 이제야 깨달았다.

"으."

꼬리털 손질이라도 할까 했는데, 일어나는 것은 관뒀다.

그렇다면 이젠 밥이다. 목도 마르다. 어젯밤에는 결국 거의 아무것도 먹지 못했다.

길동무는 어디에 가서 뭘 하고 있는 것인지.

요이츠에서는 간병이라고 하면 옆에 딱 붙어 있는 걸 뜻했는데.

'눈을 떴을 때 옆에 없다는 게 말이 돼?!' 하며 멋대로 버럭 화를 내고 있노라니 발소리가 들려왔다.

몸을 일으키는 대신 귀를 쫑긋 세운다.

분한 마음에 베개를 다시 끌어안았다.

길동무가 곁에 없는 게 다행인지도 모른다는 생각이 언뜻 들었다.

"일어났어?"

머뭇대며 노크를 하더니 조용히 문을 열고는 그렇게 물었다.

자고 있다면 대답할 수 있을 리가 없고, 깨어 있다면 그런 질문은 무의미하다.

그런 생각을 하면서 "보면 몰라?" 하고 대꾸했다.

"몸은 좀 어때?"

"못 일어나겠어."

이것은 거짓말이 아니므로 한껏 느긋한 기분으로 대답한다.

뒷면의 뒷면은 앞면.

"거짓말 하고 있네."

말은 그러면서도 길동무의 얼굴은 걱정스럽다.

손에 든 가죽 주머니를 슬쩍 본 뒤 다시 그 한심한 얼굴을 쳐다본다.

저렇게 귀여워서야 정말이지 내가 설 자리가 없다.

"하긴… 안색이 아직 구중심처의 공주님 같다."

아닌 게 아니라 농담이 아닐 만큼 안색이 좋지 않은 모양이지만, 밥을 먹지 않았으니 그거야 당연한 것 아닌가.

"그래도 배는 고파."

"키키, 그렇기면 안심이네."

길동무는 웃더니 "그럼."하며 말을 이었다.

"죽이라도 끓여 달래서 가져올까?"

"목도 말라. 그거 물이야?"

길동무가 손에 들고 있는 가죽 주머니에 시선을 던지며 묻는다. 양이 많지는 않고, 적어도 은은한 포도의 향은 나지 않는다.

"아아, 아니. 너 어제 열이 났었잖아? 그래서 사과주를 좀."

사과라는 말에 누워 있을 수가 없다.

몸을 일으키려다가 모포의 무게를 떠올렸다.

"야, 괜찮아?"

"으…"

벼락에 쓰러진 거목 밑에 깔린 동료조차 거뜬히 구해냈건만, 지금의 자신이 모포 밑에서 구출되는 신세다.

길동무는 걱정스러운 표정이면서도 약간 기쁜 듯이 손을 빌려주었다.

"미안해."

남의 손을 빌리고 나서야 몸을 모포 밑에서 끌어낸 뒤 일으켜 세웠다.

꼬리가 방해가 되지 않도록 허리에 베개를 대는 것도 길동무가 해주었다.

인간의 모습은 이토록 연약하다.

하지만 그렇기 때문에야말로 이 모습에 의미가 있다.

"평소에 지금의 반만이라도 얌전해 봐."

침대 옆에는 촛대를 놓는 선반이 있다. 거기에 양초 대신 놓여 있던 나무 컵에 사과주를 따르면서 길동무는 그렇게 짓궂게 말했다.

"내가 얌전하게 짐마차에서 잠만 자면 화를 내면서?"

"…그거야, 나만 일어나 있으면 불공평하잖아."

그러면서 길동무가 내미는 작은 컵을 두 손으로 받아들었다.

"그리고, 밥 먹을 때 얌전하게 있으면 당신이 더 많이 먹잖아."

"몸이 크니까 당연한 거 아냐?"

그 말에는 히죽 웃은 뒤 이렇게 대답했다.

"그러니까 거기에 대항하려면 태도를 거창하게 해야 돼."

길동무는 얼굴을 불만스럽게 일그러뜨리면서도 어떻게 받아쳐야 할지 모르겠는지 마땅찮은 표정으로 머리를 긁었다.

감탄을 하거나 탄복을 하는, 그런 거북살스러운 것이 아닌 저런 반응.

다음에야말로 반드시 이기고야 말겠다는 저런 얼굴은 나와 같은 눈높이로 마주하고 있다는 뜻.

그것이 참 기분 좋다.

기분 좋은 정도가 아니라, 어떻게든 나보다 우위에 서려고 들기까지 하는 것이 못 견디게 기뻤다.

어서 빨리 날 깔아뭉개 보시지? 라고 하면 틀림없이 얼굴이 시뻘개져서는 허둥대겠지.

그런 모습이 상상이 되자 웃음소리가 나올 뻔해서 그것을 얼버무리기 위해 컵에 입을 갖다 댔다.

순간 얼굴에서 스륵 웃음기가 사라진 것은, 그 웃음지은 얼굴마저 얼버무려서가 아니다.

"응, 읍?"

컵에서 입을 뗀 뒤 내용물을 말똥말똥 들여다본다.

내용물은 연한 호박빛 액체.

길동무가 "왜 그래?"하며 물었다.

"으음…. 맛이…."

그러면서 자신의 코가 고장이 났나 싶어 손으로 비벼 본다.

그런 뒤 다시 한 번 냄새를 맡아도, 사과의 향은 거의 나지 않을 뿐 아니라 술 냄새도 느낄 수가 없었다.

순간 불안해진다.

귀와 코는 눈보다도 중요한 것이다.

"아아, 연해서 그런 거야."

길동무의 명쾌한 대답에 휴우 가슴을 쓸어내린 것도 한순간, 이내 솟구친 것은 약간의 불만이다.

"너무 연하게 만들었잖아. 코가 고장 난 줄 알았어."

"너 열이 났었잖아? 그러니까 연한 사과주를 마셔야지."

자못 당연하다는 듯이 말하는데, 이해가 잘 가지 않는다.

뭐가 '그러니까' 인 것인지 이맛살을 찌푸리면서 눈으로 되물었다.

"아, 그렇군. 너는 그런 쪽에 대한 지식은 없구나?"

"난 현랑이니까. 세상에는 내가 모르는 것이 많이 있다는 것쯤은 알고 있어."

"옛날 사람들이 수많은 경험에서 만들어낸 의술이라는 것이 있어. 네가 쓰러진 뒤에 상관에 가 보니까 다행히 의술서를 번역해 놓은 게 있기에 허둥지둥 풀어 봤다고."

'의술' 이라는 말이 딱 와 닿지 않는다.

마을의 인간이 병이 나서 쓰러지면 약초를 달여 마시거나, 상처가 난 자리에 그것을 붙이거나, 그게 아니면 인간들이 제멋대로 만들어낸, 있지도 않은 신이나 정령에게 기도를 하는 게 고작이다.

하지만 모르는 것에는 흥미가 있다.

다시 한 번 컵 속의 내용물을 쿵쿵 댄 뒤 "그게 어떤 건데?"라고 물었다.

"우선 사람의 몸에는 네 가지 액체와 네 종류의 상태가 있어."

"호오."

"네 가지 액체란 즉, 심장에서 나오는 혈액, 황담즙, 흑담즙, 점액."

손가락을 하나씩 세워가며 의기양양하게 말하지만, 그런 소리를 들어 봐야 전혀 믿어지지 않는다.

하지만 일단은 잠자코 듣기로 했다.

"병은 대개 이 네 가지 체액의 조화가 무너져서 일어나는 거야.

그건 피곤하다거나, 공기가 좋지 않다거나, 별의 운행에 따라서도 좌우되지."

"흠. 아아, 그건 알아듣겠다."

어렴풋이 웃으면서 그렇게 말했다.

"보름달이 뜨면 몸이 욱신욱신한다, 거나?"

턱을 당기며 윗눈질로 쳐다보자 길동무가 움찔하는 것이 느껴졌다.

하여간, 수컷으로 두기엔 아까울 정도의 순정파다.

"그, 그럴 수도 있겠지. 바다의 밀물 썰물과 같은 거야. 여하튼, 그러니까 네 가지 체액의 조합이 무너졌을 때에는 피를 뺀다거나 해서 그 조화를 맞추는 거야."

"…인간은 별난 생각을 다 해내네."

"종기가 생기면 터뜨리지?"

"어!"

깜짝 놀라 길동무의 얼굴을 쳐다보았다.

'아차!' 한 것은 그 얼굴이 히죽 웃었기 때문이다.

"사람은 터뜨려서 고쳐. 기대되지?"

그런 야만스러운 짓을 하게 둘까보냐 하고, 얼굴을 외면한 채 무시했다.

"그런 방법으로 몸을 회복시킬 수도 있지만 그러려면 의사를 봐야 하는데, 그랬다가는 이렇게 큰 귀와 꼬리가 나다니 대체 어떤 병이냐면서 난리가 나게 돼. 그러니까 의사는 안 돼. 그래서 다른 방법인, 사람이 처하는 네 종류의 상태를 이용해서 고치는 거지."

귀를 쫑긋쫑긋 움직이며, 시선은 한쪽 눈만 힐끗 던졌다.

"네 가지 상태라고 해봐야 희로애락을 말하는 거겠지."

"아깝네. 그게 아니라 사람의 몸에는 차고, 뜨겁고, 건조하고, 습한 상태가 있어."

거의 아무 맛도 나지 않는 사과주를 마시면서 자신의 손바닥을 들여다본다.

어째 너무도 당연한 말을 듣고 있는 것이, 놀림을 당하고 있는 건 아닐까 하는 생각조차 든다.

"그리고 그것은 대개 음식물로 조절할 수가 있어. 음식물 또한 뜨거운 음식, 찬 음식, 건조한 음식, 습한 음식으로 나눌 수 있으니까. 그러니까 넌 뜨거웠으니까 찬 음식물인 사과가 딱이야."

이런 저런 의미를 붙이기 좋아하는 것은 인간의 습성이라 할 것이다.

오랜 세월에 걸쳐 인간의 생활을 봐 왔기 때문에 단언할 수 있는 것 중의 하나다.

지치지도 않고 온갖 재미있는 것을 끊임없이 생각해내는구나 싶어 되레 감탄이 됐다.

"그럼 난 그냥 사과가 더 나았던 거 아냐?"

"그건 안 되지. 사과는 차지만 의술 상으로는 건조한 음식물이거든. 몸 상태가 좋지 않은 사람은 건조해 있으니까 수분을 보충해 주어야 해. 그러려면 음료수로 만들 필요가 있지. 하지만 강한 술은 뜨거우니까 그걸 희석해서 차갑게 만들어야 돼."

그래서 이렇게 물에 색깔만 살짝 입히는 둥 마는 둥한 맛없는 것이 되었는가 하여 한숨이 나왔다.

길동무는 이제 막 배워온 것인지, 그게 아니면 옛날부터 이런 방법에 의지를 해 왔는지, 좌우간 의기양양한 얼굴로 떠들어대고 있다. 그러니 그런 건 다 무의미한 것이라고 지적을 해봐야, 그것이야말로 무의미할 것이다. 똑같이 인간이라는 종자 중에서도 나라가 다르면 하는 짓이 전혀 다르다는 것쯤은 알고 있다.

하물며 인간과 늑대이니, 믿는 것이 이토록 다른 것도 당연한 일이겠다 싶어 체념했다.

"그러면 난 다른 건 뭘 먹을 수 있는데?"

"아아, 넌 지쳐서 쓰러진 거니까. 지푸라기도 겹쳐 놓으면 뜨뜻해지잖아, 피로가 축적돼서 열이 난 것이면 우선 그것부터 식혀야지. 또, 몸이 건조해져 있을 테니까 습기를 보충해야지. 뛰고 나면 목이 마르잖아? 하지만 습기는 몸을 차게 하고, 너무 차면 사람은 우울해져. 따라서 따뜻하게 해야만 하지. 이와 같은 점에서…."

낙심하여 이야기를 듣고 있노라니 환자식이란 소리에 기대를 했던 자신의 얄팍함에 한숨이 나왔다.

하지만 그 또한 성급한 판단이었다는 것을 알게 된 것은, 뒤이은 길동무의 말을 들은 순간이었다.

"이와 같은 점에서, 양젖에 끓인 보리죽에 사과를 잘라 넣고 치즈를 곁들인다고나 할까. 그러려면 먼저 사과가—"

"음, 그거면 됐어. 난 그게 먹고 싶어. 아니, 안 먹으면 쓰러질 것 같아. 자, 볼래? 이렇게 안색이 나쁘잖아. 자자, 당신. 어서 그걸 가져와!"

그렇게 맛있을 것 같은 죽 이야기를 들었더니 꼬르르륵 배가 울리는 것을 막을 길이 없다.

당장이라도 입가에서 흘러 떨어지려는 침을 닦은 후 그렇게 외쳤다.

"…너, 사실은 이미 다 나은 거 아냐?"

"으…, 현기증이…."

현기증이란 게 그렇게 딱 맞춘 듯 일어날 리가 없건만, 그러면서 컵을 툭 떨어뜨릴 뻔하면 손을 내밀지 않고는 배기지 못하는 것이 또 이 착해 빠진 길동무란 인간이다.

그 팔에 안기듯 몸을 맡긴 채, 때는 이때다 하는 식으로 윗눈으로 빤히 쳐다보며 이렇게 말했다.

"빨리 갖다 줄 거지?"

거리가 조금 너무 가까웠는지, 길동무의 얼굴이 순간 벌게진다.

거참, 병에 걸린 게 어느 쪽인지 모르겠다니까.

그래도 피를 빼는 게 도움이 될지도 모른다는 건, 인간의 지혜가 맞는 게 아닌가 싶어 속으로 웃었다.

"하여간…. 사과주는 그만 됐어?"

"응. 뭐, 이건 이것대로 좋아."

하며 컵을 다시 받아들고 한 모금 마신다.

길동무가 나를 위해 애써 준비해 준 것이다.

맛이 없다고 해서 물리치는 것은 조금 양심의 가책이 든다.

"그래도 죽은 듬뿍 줘."

그렇게 말하자 길동무는 뭐라 대꾸할 말도 없는 모양이었다.

얼마나 기다렸는지 사실은 알 수가 없었다.

금방 가져오지는 못하겠지 싶어 모포 속으로 파고들었다가 순

식간에 잠이 들어 버렸다. 눈을 뜬 것은 그 정도로 맛있는 냄새가 코를 찔렀기 때문.

하지만 그다지 기분이 좋지 않은 것은 몸 상태가 별로여서라기보다는 싫은 꿈을 꾸었기 때문이다.

고향의 꿈. 그리고 보리밭의 꿈.

그리움도 일지만, 그와 동시에 넌더리가 날 만큼 혐오감도 동반하는 꿈.

다른 많은 이들의 위에 선 존재로서, 그 책임을 꿀꺽 삼킨 채 지내던 시절의 꿈이다.

세상은 하나의 숲으로, 땅이 튼튼하지 않으면 거기에는 나무가 자라지 못한다. 그러니 요이츠의 현랑은 듬직하게 수많은 이들의 토대가 되어야만 한다. 자신이 그것을 내팽개치면 숲은 순식간에 메말라 버린다.

부탁을 하거나 부탁을 받은 것도 아니건만, 누군가는 해야 할 그 역할.

정신이 들고 보니 목을 단단히 죄고 있던 무겁고도 무거운 굴레.

주위와는 다른 존재.

인간의 모습으로 몸을 변신시켰다 해도, 1천 명의 인간 중에서도 이내 눈에 띄는 모습.

힘이 있으니 의지하고, 몸집이 크니 숭배하고, 도움이 되니 존경한다.

그런 상대의 시중을 드는 것이 당연하다고 생각하여 그렇게 하는 것이다.

그렇게 하면 자기네들에게 이득이 있을 것이라는 일편단심에.

하지만 받들어 모실 때에는 이득과 함께 위엄까지 요구한다. 자신들이 받들어 모시는 상대가 초라해서는 이득을 기대할 수 없으니까.

이쪽에서 받들어 모셔 달라고 부탁한 것도 아니건만, 그들을 저버릴 수가 없어서 우리 속에 갇힌다.

그들은 숭배할 상대가 없으면 겁에 질리고 넋이 나가, 혹독한 사계절의 변화 속에서 뿔뿔이 흩어지고 말기 때문이다.

어리석다는 것은 알면서도 아무리 힘들어도 그들을 저버릴 수는 없다.

부탁을 한 것도, 부탁을 받은 것도 아니건만 그리 하기를 수백 년.

맛있는 음식의 냄새에는 익숙할 대로 익숙하다.

그러나 그 음식에 코를 킁킁대던 시절에는 결코 이런 친근감 넘치는 웃음을 지어 준 자가 없었다.

그 아무리 제 분수를 모르고 시건방진 자라도.

"일어날 수 있겠어?"

몸은 시시각각 회복되어 이제는 모포 밖으로 기어 나오는 것쯤은 일도 아닐 것이다.

하지만 졸린 눈을 뜬 채로 고개를 가로저었다.

갇혀 있던 우리는 과거의 것이 되었다.

줄곧 꿈꿔왔던 것을 실현할 수 있게 되었다.

어린 새끼처럼 굴기. 변덕스럽게, 그러면서 아무 힘도 없는 것처럼.

그래서 누군가의 보호를 받게 되도록.

"참나. 다음에 내가 아프면 이 빚 갚아줄 거지?"

자고 난 탓도 있고 하여 몸이 축 늘어져 있었는데, 곁에서 보기엔 잠자리에서 꼭 무슨 고양이 같은 것을 끌어내는 느낌이었나 보다.

좀 창피하기도 하지만 한 번 시작하면 그만둘 수가 없다.

"요이츠 늑대의 방식이라도 괜찮다면."

히죽 웃음을 지은 것은 자조적인 기분을 감추기 위해.

그 말에 길동무는 다소 표정이 굳었지만, 그 간병 방법을 들으면 기뻐할 것이다.

핥거나, 내내 곁에 붙어 있거나.

물론, 묻지 않는데 대답을 해줄 만큼 친절하진 않지만.

"걱정 마. 난 냄새를 잘 맡으니까. 이렇게 되기 전에 알아채서 어떻게든 해줄게."

그렇게 말한 뒤에 "쓰러질 때까지 눈치 채지 못한 채 다른 암컷과 즐겁게 수다를 떠는 일도 없을 거야."라고 덧붙여 줄까 하다가 접었다.

즐거운 거야 즐겁긴 했지만 길동무는 자신의 역할을 잘 분간하고 있다.

그 자리에서는 즐거워하는 것이 길동무의 역할.

그런 말로 자신을 납득시켰다.

"눈치 채지 못한 건 미안했어. 하지만 가능하면 네가 먼저 말을 해줬으면 좋겠어. 어쨌거나 나는— 그래, 그런 면에선 둔하니까."

어깨를 으쓱하며 길동무는 그렇게 말했다.

"하긴, 아마 중병에 걸렸대도 쉽사리 눈치 채지 못할 거야."

"뭐?"

길동무는 놀란 눈으로 쳐다봤지만 그 다음 얘기는 안 해준다.

이런 부분에서 말을 제대로 잇지 못할 만큼 둔한 것이다.

상사병.

그것을 자각하는 것은 아마도 말기에 들어선 뒤에나 가능하겠지.

"아무것도 아니야. 그보다, 밥!"

그렇게 말하자 길동무는 슈가 어린애처럼 눈살을 찌푸렸다.

인간은 겉모습으로 상대를 판단한다.

인간 소녀의 모습을 하고 있는 나에게 지는 것이 억울한 것이다.

기분이 다소 복잡하긴 했지만 그건 그것대로 상큼하다.

인간 세상에 유포되어 있는 성전(聖典) 속에도, 신이라 해도 누더기를 걸치고 길을 걸으면 격식을 차리지 않아도 된다고 비꼬는 대목이 있지 않던가.

"하여간, 자기가 무슨 공주님인 줄 알아…."

투덜투덜 대면서도 죽이 든 냄비 뚜껑을 열면서 접시를 손에 들었다.

공주님에게 막말을 하는 병사도 있나?

생글생글 웃으면서 어리광을 부리는 김에 이렇게 말했다.

"떠먹여 줄래?"

그 말에 멈칫한 길동무의 얼굴은, 도저히 병사 노릇은 못할 것 같은 한심하기 짝이 없는 면상이었다.

"사과가 좀 더 많이 들었으면 좋았을걸."

"그럴지도 모르지. 차가운 사과는 사람을 우울하게 하니까."

"그 말은 내가… 얌… 내가, 힘이 너무 남아돈다는 뜻이야?"

나무로 만든 우묵한 접시로 가득 두 그릇.

마지막 한 숟가락을 받아먹으면서 그렇게 말했다.

"조금은 얌전해져도 괜찮다는 뜻이야."

처음에는 수줍어서 그런지 영 어색해 하면서 흘릴 뻔도 하더니, 갑자기 태도를 바꾼 건지 익숙해진 건지 끝 무렵에는 아주 기분 좋게 받아먹을 수가 있었다.

입을 벌리고 있기만 해도 음식이 들어오니 꼭 무슨 새끼 새라도 된 기분이다.

이런 식으로 꼬리털도 손질해 주면 좋겠지만, 아무리 그래도 꼬리는 맡길 수가 없다.

살짝 트림을 하자 길동무는 눈살을 조금 찌푸렸다.

"하지만 난 저번에 들렀던 도시에서 사과를 엄청 많이 먹었는데?"

"아아, 그랬지, 참. 그래서 결국은 다 먹지 못하게 돼서 우울해 했잖아."

"으."

아닌 게 아니라 정말 그랬긴 했지만, 그래도 그건 사과의 맛이나 성질 때문이 아니라 단순히 너무 많이 사는 바람에 그랬던 것 같은데.

"나는 당분간 사과는 쳐다보기도 싫어."

길동무가 진저리를 치듯이 말했다. 혼자 다 먹을 거라고 선언해놓고, 결국 길동무에게 도움을 받았던 것이다.

하지만 혼자서 먹는 것보다 둘이서 먹는 게 훨씬 더 맛있다는 것을 배우게 됐다.

결단코 그런 말은 입 밖에 내지 않지만.

"그나저나 이 정도로 먹으면 일단 안심이네. 내일이나 모레쯤엔 나을 거야."

냅비의 껍질을 정리하면서 길동무는 이런 말도 했다

"서둘 것 없어. 여기를 나가면 또 한동안 짐마차 위에서 지내야 하니까. 푹 쉬면서 체력을 회복하도록 해."

길동무는 거짓말을 거짓말로 꿰뚫어보지 못할 만큼 착해 빠졌다.

아니, 상대가 거짓말을 하리라고 의심하지 못할 만큼 천사표인지도 모른다.

죄책감에 가슴이 아렸는데, 고개를 든 길동무와 눈이 마주치자 순간 숨이 턱 멎었다.

서 걱정스러운 눈빛.

이건, 정말, 아니다

"…일정이 늦어져서, 미안해."

정신이 들고 보니 그런 말이 입에서 나오고 있었다.

절호의 기회를 놓칠 수는 정말 없었다.

"너를 거둔 시점에서 바쁜 여행은 포기했어. 그리고 비가 오면 땅이 굳는다고 하잖아? 이곳에서의 신용도 되찾았고. 전보다 더 좋아졌을 정도니까. 그런 이득을 생각하면 이삼 일쯤 늦는 건 상관없어."

속으로 중얼거린다.

이 착해 빠진 천사표이 짐마차에 탈 수 있었던 것을, 인간이 빌들어 모신다는 행운의 신에게 정말 감사하고 싶을 정도다.

착해 빠진 천사표라면서 경멸과 조소를 담아 놀려대지 않으면 그것이 눈 깜짝할 새에 다른 호칭으로 바뀌게 될 것 같아 두려웠다.

곁에 있었으면 좋겠다.

그릇을 정리해 여관 주인에게 돌려주러 가려고 방을 나서는 몸짓이 보이는 것만으로도 꼬리가 이토록 안절부절못하니까.

"저기."

"응?"

길동무는 똑바로 쳐다볼 수 없을 만큼 맑은 눈으로 쳐다봤다.

"여관은⋯ 저기 그게, 너무, 조용하니까⋯."

너무 창피해서 말꼬리를 흐리고 말았다.

하지만 길동무는 틀림없이 이것이 연기인 줄 알 것이다.

그리고 연기이자 동시에 진심이기도 하다는 것을 헤아려 줄 터.

약간 놀란 뒤 웃는 것이, 눈을 내리깔고 있어도 기적으로 느껴졌다.

"하긴, 짐마차 위는 시끄럽지. 어차피 나도 오늘은 할 일이 없어. 그리고 먹보 아무개 씨의 저녁 밥상도 의논해야 하니까."

그러니까 곁에 있어 줄 수 있다.

마치 어린애 같은 이런 투정.

길동무는 어이가 없다는 듯이 웃고, 이쪽은 여봐란 듯이 고개를 획 돌린다.

방해물도 없고 탁한 그늘 한 점 없는 대화.

행복이라는 것에 형태가 있다면 이것이 그것인지도 모른다.

"대충 원하는 거 있어? 자세한 건 이따가 의술서를 뒤져 볼 거지만, 시장이 닫히고 나면 준비할 수가 없으니까."

"음. 으음…."

"겉보기는 괜찮아 보이지만 속은 어떨지 모르니까 소화하기 힘든 것은 안 돼."

"고기도?"

윗눈질.

이것은, 연기.

"안 돼, 안 돼. 죽이나 빵을 적신 스프 같은 거…."

"우…. 그럼, 아까 그거. 양젖이었던가?"

길동무가 안고 있는 그릇을 가리키며 말하자 고개를 끄덕였다.

"달콤한 향과 짙은 맛이 좋았어. 그것으로 할래."

"양젖이라…."

"무슨 문제라도?"

그러자 고개를 저었다.

"상하기 쉬워서 제대로 된 건 오후가 되면 값이 비싸진다고. 신선한 것을 원하지?"

"물론이지."

송곳니를 드러내며 웃자 길동무는 어깨를 으쓱했다.

"뭐, 그럼 또 노라에게 구해 달라고 할까? 양치기라서 그런지

보는 눈이 상당히….”

있다— 라는 말은 영원히 나오지 못했다.

“노라, 라고?”

되물었다.

자신이 어떤 표정을 짓고 있는지 미처 모를 만큼 반사적으로 되물었다.

길동무가 절대 해서는 안 될 말을 입에 담았다 할 만큼 아차 싶은 얼굴을 하고 있으니, 그럴 만한 표정이었으리라.

온화했던 분위기가 단번에 날아가 버렸다.

‘양젖을 보는 눈’ 이라니, 그렇다면 내가 자고 있는 새에 길동무는 그 양치기 계집애와 함께 거리를 돌아다녔다는 얘기다.

그 얄미운 양치기와.

둘이서.

내가 자고 있는 새에!

“아니 그냥, 널 위해서 좋은 젖을 구하려는 생각에….”

“돈만 있으면 보는 눈이고 자시고 필요 없을 텐데?”

크르릉대면서 원망하는 조로 그렇게 말했다.

배신자, 배신자, 배신자! 라고 속으로는 외치고 있다.

이쪽이 화를 낼 만한 잘못을 하진 않았으리라는 것은, 지금까지 길동무가 보여준 흐리멍덩한 태도를 보면 알고도 남는 바이지만. 그래도 자꾸 그런 생각이 든다.

양치기는 늑대에게는 철천지원수나 다름없으니까.

“구, 굳이 길 안내를 부탁하지 말아야 할 이유도 없잖아. 그, 그런데.”

길동무는 똥이라도 밟았다 싶은 얼굴이다.

허둥지둥 말을 둘러대려 든다.

하지만 스스로 생각해도 말이 안 되는 이 분노가 그렇게 얼버무리려 드는 길동무의 태도를 더더욱 이상한 쪽으로 몰아가려는 생각을 들게 한다.

참다못해 그 말을 하려던 그 순간이었다.

"그런데 왜 그렇게 노라를 눈엣가시처럼 여기는 거야?"

시간이, 멈췄다.

"뭐!"

이쪽의 험악한 분위기에 몸을 뒤로 빼던 길동무의 입에서 느닷없이 튀어나온 말. 너무도 뜻밖인 그 말에 순간 대처할 수가 없었다.

입을 쩍 벌린 채 멍청하게도 되묻고 말았다.

"뭐, 뭐라고?"

"아, 아니. 그게 그러니까, 과거에 너랑 양치기 사이에 무슨 일이 있었을 수도 있고, 너는 늑대니까 마음에 들지 않는 건 이해가가. 하지만 그렇게까지 적의를 드러낼 일은 아니잖아? 노라는 양치기지만 뭐랄까…"

양손으로 냄비와 접시를 끌어안은 채 재주도 좋게 손가락으로 머리를 긁는다.

"그렇게 마음씨가 곱잖아. 뭐든 예외라는 게 있는 법이니까."

멍청이! 하고 하마터면 버럭 소리를 지를 뻔했다.

소리를 지르지 않은 것은 아직 피로가 덜 풀려서라든가, 현랑으로서의 위엄 때문이 아니다.

길동무의 너무 심한 멍청함에, 그야말로 그것 자체 때문에 소리칠 기력조차 잃고 만 것이다.

하기야 나 역시 몇 백 년이나 외롭게 지내던 보리밭을 떠나온 직후에는 확실히 정서가 불안정했었다. 대화를 주거니 받거니 하는 데에도 세심하게 주의를 기울이지 않으면 안 될 만큼, 그렇게 대화하는 방식을 잊고 있었다. 상대의 낌새를 관찰하는 법을 잊어버리고 있었다는 것도 실감했다.

그러니까, 짐마차 위에서 오랜 세월 홀로 지내온 길동무가 이런 쪽의 대화에 둔한 것은 어쩔 수 없으려니 생각도 한다.

하지만 아무리 그래도 그렇지. 어떻게 그런 걸 알아채지 못하나 싶어 어이가 없다.

힘도 없는 주제에 궁지에 놓여도 포기할 줄 모르는 그 불굴의 정신과, 멍청한 주제에 역경에 처하면 더 지혜를 발휘할 줄 아는 저력에, 이래저래 정이 많아서 언뜻 보기엔 마음이 약할 것 같으면서도 여차하는 순간에는 궁지를 보이는 건방진 태도까지 갖고 있으면서도, 어찌하여 이렇게 중요한 일에는 구제불능이리만치 굼뜨고 우둔한 것인지 정말이지 이해가 안 간다.

정말로, 정말로 눈치를 못 채고 있는 것인가 하며 의심하게 된다.

혹시 이쪽이 시험을 당하고 있는 것이 아닌가 하는 생각조차 든다.

요이츠의 현랑이 양치기를 싫어한다. 이런 구도를 보면 딱 떠오르는 게 있지 않나?

늑대는 양을 사냥하는 존재이고, 양치기는 가련하고 힘없는 양을 지키는 존재다. 그럼 이런 구도 속에서 늑대는 누구이고, 양치기는 누구이며, 양은 대체 누구인가? 그것을 생각해 보면 당장에 마땅찮아 하는 이유를 알 수 있을 텐데.

나는 양치기를 싫어하는 게 아니다. 양치기가 양의 곁에 있는 깃에 안절부절못하는 것이다.

양이 양치기의 보호 하에 들어가지 않도록. 양치기가 부는 피리 소리에 따라가지 않도록. 힘없고 멍청한 데다 아무 생각이 없는 듯하니, 착하고 순박해 보이는 양치기를 멍하니 따라가지 않도록!

그런 생각을 하면서 마지막으로 한 번 한숨을 푹 쉬었다.

길동무는 여전히 이쪽이 무슨 생각을 하는지 전혀 모르겠다는 표정으로 엉거주춤 서 있다. 그런 모습이 딱 가련하고 아무것도 모르는 양이다.

국자로 죽을 떠서 먹여 주던 알콩달콩한 시간이 옛날 옛적의 일처럼 느껴진다.

꿈은 거의 이루어졌다.

우리에서 풀려났으니 이제는 마음껏 행동해도 아무도 뭐라 하지 않고, 변덕을 부려도 아무도 곤란해 하지 않게 되었다.

그러니까 꾀를 부리고 말장난을 치면서, 한 번이라도 좋으니까 그런 식으로 행동해 보고 싶었다, 그래서 생각난 대로 어린 새끼 늑대처럼 장난을 좀 쳤기로서니 이게 무슨 꼴이란 말인가.

결국 타고난 멍청이는 당해낼 수가 없다.

밤새 술을 마시다 보면 취하지 않은 쪽이 취해 뻗은 쪽을 챙기게 되기 마련이다.

"당신."

목소리가 다소 피곤하게 들리는 것은 실제로 정신이 고달프기 때문이다.

어린 새끼처럼 천진난만하게, 아무 근심걱정 없이, 한껏 장난을 치는 것이 이다지도 힘든 일이라는 것을 이제야 알았다.

역시 늑대가 양의 흉내를 낸다는 건 턱도 없는 일인 것이리라.

길동무는 나를 속을 알길 없는, 양의 가죽을 뒤집어쓴 늑대로 거의 단정하고 있는 모양이지만 그건 내 책임이 아니다.

양이 되고 싶어도 양이 될 수가 없다. 길동무가 워낙 양다운 바람에.

둘 다 멍청해 빠진 양이어서는 나란히 벼랑 밑으로 굴러 떨어지고 만다.

그러니 이쪽이 맨정신으로 상대를 이끌 수밖에.

손해다.

타고나기를 손해 보게 태어났다.

"내가 잘못했어."

일부러 될 대로 되라는 식으로 말했으나, 길동무는 노골적으로 안도하는 모습을 보였다.

"하지만 좋고 싫은 것은 논리적으로 설명할 수 있는 게 아니야. 전에도 말한 것 같지만."

"아아, 그야 물론 그렇지. 세상 일 전부가 논리적으로 딱 떨어지리라고 생각하진 않아."

이쪽의 기분을 이해한다는 듯이 길동무는 그렇게 말은 했지만, 그래 봐야 그 말의 진정한 의미는 알지 못하고 있다.

하여간, 이러니 꼬리는 쓰다듬게 놔둘지언정 꼬리 손질까지는 역시 맡길 수가 없지.

과연 그런 날이 오기나 하려는지.

지친 눈으로 길동무를 쳐다보면서 그런 생각이 들었다.

"그런데, 당신."

그러면서 말을 잇자, 길동무는 또 뭐가 있나 싶어 긴장한다.

머리를 쓰다듬어 주러 다가갔더니 순간 몸을 움츠리는 개처럼.

"그거 갖다 놓고 얼른 올 거지?"

이 말은 태도를 확 바꿔 한껏 애교 띤 웃음을 지으면서.

는비ㅣ틱 뒤집뜻 비낀 태도에 합수가 어이없는 표정을 짓긴 했으
나 길동무는 즉시 상황을 간파했다. 구제불능 멍청이는 아닌 것이
다.

"…아아, 알았어. 여관은 너무 조용하지?"

하지만 말을 잘 받아넘겼다고 좋아라 하는 얼굴이 되는 것을 보
니 역시 멍청하다.

이 정도는 지극히 당연하고도 남을 일이건만. 참나, 어떻게 저
리도 멍청해 빠질 수가 있는지.

이쪽이 그런 생각을 하고 있는 줄도 모른 채, 길동무는 이제야
문제가 해결됐다는 식으로 개운한 표정을 지었다.

"그럼 이거 금방 갖다 놓고 올게. 뭐 마시고 싶은 건 없어?"

이젠 한숨조차 안 나올 지경이지만, 그래도 그렇게 묻는 것은
아주 좋은 자세다.

그래서 상을 주기로 했다.

"당신이 연하게 만들어 준 아까 그 사과주. 그거면 돼. 어서 빨
리 몸을 추슬러야지."

길동무는 기쁜 듯이, 정말로 기쁜 듯이 웃는다.

저런 얼굴을 하면 어떤 식으로 매몰차게 대해야 한단 말인가.

"그럼 얌전히 기다리고 있어."

신이 나서 한마디 하고는 방에서 나갔다.

하여간 멍청해도 어쩜 저리도 멍청할까 싶었으나, 그런 것 옆에서 뒹굴뒹굴하고 있는 나도 거기서 거기인지도 모르겠다.

평화롭고, 안온한 시간.

이것이 얼마만큼이나 소중한 것인지는 잘 알고 있다.

그러니 요리조리 잘 조종해서 따스하게 오래도록 즐겨야 한다.

하지만, 한 가지 걱정되는 게 있긴 하다.

모포 속으로 꿈지럭꿈지럭 파고들어 인간이 그렇게 하는 것처럼 베개에 머리를 묻었다.

길동무는 그간의 생활이 어지간히 메말랐었는지 말과 태도를 약간만 달콤하게 해도 어쩔 줄 몰라 하긴 하지만 그것도 너무 자주 써먹었다가는 효과가 없어질 것이라는 점이다.

이 세상의 모든 것은 그 어떤 것이든 자꾸 반복하다 보면 언젠가는 싫증이 나고 질리기 때문이다.

그렇다면 뭔가 다른 방법도 연구해내야 한다.

어디 뭐가 좋을까 하다가 이내 생각이 났다.

달콤함에 질렸으면 짭짤함을 이용하면 된다.

웃는 얼굴에 걸려들지 않게 되면 눈초리에 눈물방울을 달면 된다.

참으로 단순한 일이다.

단순한 양에게는 아주 효과적이리라.

246

"…음?"

그런데 뭔가가 켕기는 느낌이다. 대체 뭘까 한 것도 잠시, 금방 왜 그런지 알았다. 쓰러지고 만 어젯밤 만찬.

그 자리에서 나왔던 양 이야기. 소금기가 있으면 연신 핥아댄다는 양의 습성. 그 이야기가 떠올라 요상한 게 생각났던 것이다.

얼굴에 눈물이라는 소금기를 바른 직후, 길동무가 연신 얼굴을 핥아대는 광경.

처음에는 간지러운 나머지 꺅꺅대며 웃을지도 모르지만 틀림없이 금세 찌증이 날 것이다. 길동무에게는 도무지 적당함이라는 개념이 있는 것 같지가 않다. 왠지 너무도 쉽사리 상상이 되어 맥이 빠져 버렸다.

역시 저것의 고삐는 단단히 움켜쥐고 이쪽 뜻대로 움직이게 해야 한다.

하여간 신경 쓸 게 이만저만 많은 게 아니라는 생각을 하며 자세를 바꿨다.

그래도 베개에 얼굴을 묻은 채 옆으로 웅크리며 키득키득 웃었다.

이렇게 즐거운 것이 얼마 만인지 모르겠기 때문이다.

뭐가 즐거운지는 잘 모르겠다. 이런저런 즐거운 일이 하도 많아 어느 게 가장 큰 이유인지 꼭 집어낼 수가 없다.

굳이 말을 하자면, 저다지도 멍청한 양이건만 웬만한 방법으로는 뜻대로 되지 않는 점이 있다고나 할까.

사냥의 묘미와도 비슷한, 늑대의 가슴에 불을 붙이는 무언가가 있다.

밑에다 그릇을 갖다 둔 뒤, 아까 말한 대로 곧바로 돌아오는 모양인 길동무의 발소리가 들린다.

가슴이 조금 콩닥콩닥 한다.

꼬리가 비비 꼬이고 귀가 쫑긋쫑긋 한다.

코가 근질근질해서 베개에 비벼대고 만다.

아아, 잡힐 듯 말 듯한 이 사냥의 묘미!

발소리가 문 앞에서 멈추자 기대는 최대한으로 부풀었다.

얼굴이 절로 웃음을 지으며 문 쪽을 돌아보았다.

그리고 문이 열리며 그 너머에 서 있던 것은.

"호로."

길동무는 웃으면서 그렇게 말했다.

그 곁에 양치기 계집애를 데리고.

"노라 씨가 병문안을 와 주셨어."

하여간 웬만한 방법으로는 안 된다니까.

초여름의 초원처럼 맑은 얼굴로 미소 짓는 양치기에게 이쪽도 웃으면서 인사를 한 것은 오랜 세월의 경험에서가 아니다.

재미있어서 웃을 수밖에 없었기 때문이다.

저 왕멍청이의 고삐를 틀어쥐는 일은 절로 웃음이 나올 만큼 만만치 않다.

"몸은 좀 어떠세요?"

양치기 계집애, 노라가 물었다.

"그냥 뭐, 피로가 쌓인 것뿐이야."

그리 물으면 이리 대답하지 않고 달리 뭐라 대답할까?

현랑이라는 머리를 갖고 있어도 별 도리가 없었다.

화기애애한 대화에 길동무는 '옳지, 옳지.' 하는 표정으로 의기양양하게 웃으며 고개를 끄덕인다.

이러니 피로가 쌓일 수밖에.

아니, 열까지 치솟을 것 같다.

"그러잖아도 말상대가 궁하던 참인데. 전부터 궁금한 게 있었는데 물어봐도 되려나?"

"예? 제게요?"

영특하면서도 그 점을 뽐내지 않는 겸허함. 과연 길동무가 혹할 만두 하다.

"제가 대답할 수 있는 일이라면."

그리고 웃음.

방심할 수가 없다.

"양을 이끄는 가장 큰 비결이 뭐지?"

양치기 계집애는 다소 의외의 질문이라는 듯이 눈을 살짝 동그랗게 떴다가 이내 다시 웃음을 지었다.

곁에서는 여전히 시건방진 양치기견이 이쪽을 빈틈없이 살피고 있다.

수수한 회색빛처럼 순박한 양치기 계집애는 온화한 얼굴로 천천히 이렇게 말했다.

"넓은 마음을 갖는 것이지요."

그 대답을 듣는 순간, 바람이 인 것만 같았다.

이 계집애는 진짜.

진짜 양치기 계집애란 생각이 들었다.

양을 키우려면 넓은 마음을 가져야 한다.

길동무를 힐끗 쳐다보면서 '그래, 그 말이 맞다.' 라고 생각한다.

노라는 그 시선을 알아채고는 한순간 '아.' 하는 표정을 지었다.

현명한 자는 이런 식으로 단박에 알아차린다.

이쪽으로 눈길을 돌리며 노라가 난처한 듯이, 그러면서도 즐거운 듯이 웃었다.

이 계집애와는 친해질 수 있을 것 같다.

다만, 자기 얘기를 하는 줄도 모른 채 싱글싱글 웃고 있는 길동무를 보고 있노라니, 내가 고삐를 잘 움켜쥐고 있는 것인지 어떤지 자신이 없다.

그거야말로 신만이 아실 일이다.

나도 신으로 불렸었건만.

약간 원망스런 눈초리로 쳐다보자 길동무는 놀란 눈을 했다.

'양, 양, 순진해 빠진 양!' 하고 속으로 외친다.

그럼에도 저런 얼빠진 면이. 그렇다.

"멍청하긴."

중얼거렸다.

그런 양이 너무 좋으니까.

〈늑대와 호박빛 우울 끝〉

오랜만입니다, 하세쿠라입니다.

'하지만 그렇게 오래된 것 같지 않은데.' 하는 생각이 이 후기를 쓰면서 들었는데, 두 달밖에 지나지 않았더군요. 예전에는 1주일이 굉장히 길었는데, 요즘은 굉장히 짧습니다.

아마도 하루에 열여섯 시간을 자서 그런 거겠죠. 요즘엔 어느게 꿈이고 어느 게 현실세계인지 잘 모르겠습니다. 시간상으로는 자고 있을 때가 더 길죠. 그러니 세상의 두 달이 저에게는 한 달쯤밖에 되지 않는 걸 겁니다.

이번 권은 평소의 장편과는 약간 다른 형식을 취했습니다.

『전격 hp』에 실렸던 단편과 중편, 거기에다 새로 쓴 단편을 곁들이게 되었습니다.

중편은 호로의 과거 이야기, 그리고 단편은 장편의 막간에 해당하는 이야기입니다.

중편은 호로의 누나 기질이, 단편은 먹을거리에 대한 호로의 고집이 주성분입니다. 로렌스는 어디로 갔단 말인가. 불쌍하기 짝이 없습니다.

이번 권에서 가장 '미는' 작품이 뭐냐고 묻는다면, 새로 쓴 단편입니다.

처음으로 호로의 시점에서 쓴 이야기.

처음에는 과연 호로의 시점으로 쓸 수 있을까 하는 불안감이 엄청 강했는데, 다 쓰고 나니 무척 재미있었습니다. 다시 읽어 봐도 정말 즐겁게 썼구나 하는 것이 저도 느껴질 정도였습니다. 그러니 여러분들도 재미있게 읽어 주셨으면 좋겠습니다.

이건 전혀 다른 이야기입니다만, 바로 얼마 전 어느 작가 분이 사신 420마력짜리 자동차를 얻어 탄 적이 있었습니다.

420마력입니다. 대체 그런 마력으로 일본의 어디를 달리나 싶었는데, 이건 정말 차가 아니라 제트코스터더군요. 가속하면 피가 몸 뒤로 스르륵, 가속이 끝나면 피가 돌아오는 게 실감될 정도였습니다.

그러나 애석하게도— 그렇게 훌륭한 차이건만— 철야로 녹초가 된 작가 네 명이 타고 갈 데라고는 야경이 아름다운 해안가가 아니라, 어깨뭉침 요통을 푸는 데 효과가 있다는 온천시설이었습니다.

게다가 다들 나름대로 나이를 먹었으면서도 유카타 차림에 신이 난데다, 나무로 된 바닥을 보고는 "다함께 미끄럼을 타자!"라며 슬라이딩을 했습니다. 취해서 한 짓이 아니니 대단한 겁니다. 자신의 명예를 위해 말하지만, 저는 그런 꼴불견 같은 행동 안 했습니다. 정말입니다!

그 후에는 다들 서로의 운동부족을 비난하면서 팔씨름이나 손가락 레슬링을 수없이 하고, 스티커 사진도 찍는 등, 마치 수학여행 같은 기분이었습니다.

돌아올 때는 물론 420마력의 슈퍼카.

하지만 원동기 달린 자전거에 뒤처졌다고 열을 내며 추월하는 건 좀 그렇지 않나 싶었습니다.

이런 이야기를 쓰다 보니 대충 페이지가 채워졌습니다.

다음 권에서는 다시 평소의 장편으로 돌아갑니다.

로렌스를 약간 더 멋지게 그리고 싶다는 생각은 듭니다만, 과연 어떻게 될지.

그럼 또 만나 뵙기로 하지요.

_**하세쿠라 이스나**

『늑대와 향신료』 제7권. 대망(待望)의 외전입니다.

6권 마지막에서 새로이 구성된 가족 사기단(!)의 후속 이야기를 기대하셨던 분들은 실망이 크셨겠습니다만, 본내용을 다 읽고 난 일기심 삼아 역자후기를 읽으시는 분들이나 이제 막 7권을 손에 들고 사전 정보 수집차 역자후기를 먼저 살짝 열어 보시는 분들 (─이 의외로 계시더군요, 정말로.)에게나 '120퍼센트 만족'을 보장하는 외전입니다.

중편인 「소년과 소녀와 하얀 꽃」의 크라스와 아리에스는 6권에서 콜을 아주 예뻐라 하던 호로가 로렌스에게 오래전 여행을 할 때 콜만한 아이들을 만나 함께했었다는 이야기를 흘렸는데, 이 아이들이 그 아이들이겠지요.

소녀 아리에스의 이름은 양자리를 뜻하는 Aries일 테고, 그런 연장선상에서 소년 크라스는 Crass가 아닌가 합니다만. 「소년과 소녀와 하얀 꽃」을 거듭 읽고 난 후, 아리에스에 대한 제 감상은… "내가 아직도 양처럼 보여?"였습니다(은근히 호러물?).

무엇보다 이 작품에 제가 제멋대로 붙인 부제는 '크라스 군 육성계획' 입니다(물론 역자의 일방적인 주장이며, 모 줄판사의 '아카리 신지 육성계획'에서 제목만 차용한 것을 말씀드려 둡니다).

모름지기 인생에는 역전, 이야기에는 반전. 누나들의 깊은 뜻은 태평양보다 더 창대하고 마리아나 해구보다 더 깊으리니. 소년들이여, 자나 깨나 명심 또 명심할지어다 — 라고나 할까요?

그런 의미에서 「소년과 소녀와 하얀 꽃」은 반드시 두 번 이상 읽어 보시기 바랍니다. 처음 읽을 때와 두 번째 읽을 때의 재미가 완전히 다른 교활한 작품이거든요.

물론 「사과의 빨강, 하늘의 파랑」에 나오는 오늘의 명언, '유복한 귀족 집안이 폭도로 변한 민중들의 습격을 받는 것은 사소한 말 한마디가 원인이다.'도 일상의 좌우명 삼아 가슴에 꼭꼭 새겨 넣고, 「늑대와 호박빛 우울」에 나오는 로렌스의 진지한 '의술론'에도 절로 미소를 지었던 제7권이었죠. 『늑대와 향신료』는 유장한 본편도 좋지만, 호흡이 빠른 외전 단편들도 참 좋네요. 그런 뜻에서 다른 외전들도 더 나와 주었으면 합니다만.

자, 이렇게 7권에서 살짝 호흡을 고르고, 『늑대와 향신료』는 다시 본편의 물줄기를 타고 내려갑니다. '여우' 에이브도 잡아야 하고, '늑대의 오른쪽 앞발'도 추격해야지요. 새로이 가담한 콜의 활약, 로렌스의 분발이 기대됩니다.

갈수록 스케일을 업그레이드시키고 있는 『늑대와 향신료』, 그럼 저는 또 제8권에서 만나 뵙겠습니다.

_역자 박 소 영

늑대와 향신료 [7]
Side Colors

2010년 6월 7일 초판 발행
2019년 1월 30일 11쇄 발행

저자 하세쿠라 이스나(ISUNA HASEKURA
일러스트 아야쿠라 쥬우(JYUU AYAKURA) | **옮긴이** 박소영
발행인 정동훈 | **편집전무** 여영아
편집 팀장 김태헌 | **편집** 노혜림 임지수
발행처 (주)학산문화사 | 서울특별시 동작구 상도로 282 학산빌딩
편집부 02.828.8838(전화), 02.828.8890(팩스) | **영업부** 02.828.8961~5(전화), 02.828.8989(팩스)
홈페이지 www.haksanpub.co.kr | **등록** 1995년 7월 1일 | **등록번호** 제3-632호

원제 · ookami to koushinryou vol.7 Side Colors
©ISUNA HASEKURA 2008
First published in 2008 by Media Works Inc., Tokyo, Japan.
Korean translation rights arranged with ASCII MEDIA WORKS Inc., through KCC.
이 책의 한국어판 저작권은 일본 아스키 미디어 웍스와의 독점계약으로 (주)학산문화사에 있습니다.

ISBN 978-89-258-5618-6 04830
ISBN 978-89-529-5612-4 (세트)
값 6,800원

플라토닉 체인

맑음, 때때로 여고생

와타나베 코지 지음
오카자키 타케시 일러스트
천강원 옮김

eXtreme novel

시부야에 토막 시체가 떨어져 내렸다!
시체는 모두 행방불명되었던 여고생.
사건 당일 '저주를 받았다' 는 말을 남기고 실종된
친구 카아노를 찾기 위해 리카는 혈혈단신 '유령 빌딩' 으로 향한다!
기대할 수 있는 사람은 '플라토닉 체인' 에 접속할 수 있는
나루미라는 기묘한 소녀뿐.

그녀의 휴대폰을 통해 사건의 진실이 파헤쳐지기 시작하는데….

XNR-35
(주)학산문화사 발행 / 값5,900원

문의 바깥
2권

도바시 신지로 지음
시로미자카나 일러스트
김해용 옮김

eXtreme novel

■■

수학여행을 떠났던 타카하시 신이치가 눈을 떴을 때
그곳은 밀실이었고, 게다가 같은 반 아이들 전원이 같은 장소에 갇혀 있었다.
아무런 설명도 없이 '게임'이 시작되고, 타카하시의 반은 영문도 모른 채
그 게임에서 패하고 만다. 배급이 끊기고 무기력한 나날을 보내던
타카하시 일행에게 마침내 새로운 기회가 찾아온다.
새로운 구역을 발견하고, 다시 '게임'이 시작된 것이다.
그러나 이번 '게임'은 더욱 가혹한 대립을 만들어 내는 것이었다―!
이 '게임'은 과연 누구를 위한 것인가?

서서히 밝혀지는 수수께끼. 과연 이 게임은 누구의 것인가―?!
〈제13회 전격소설대상〉 금상 수상작 제2탄 등장!

■■

XNR-34-2
(주)학산문화사 발행 / 값5,900원

학교의 계단

3권

카이마 타카아키 지음
아마후쿠 아마네 일러스트
김지현 옮김

eXtreme novel

■■

드디어 여름방학! 학생회장인 유사의 계획으로
텐구리하마 고등학교에서는 전교생 합동 합숙이 실시되고 있었다.
비공인의 계단부도 당연하다는 듯 참가하여 여자부원 획득을 노리지만,
항상 멋대로 행동하는 계단부의 부장 코코노에의 제안에 의해
'계단부 vs 여자 테니스부'의 부원 쟁탈전이 실현된다.
진 쪽은 부원 한 명을 내놓아야 한다고?!
그렇게 해서 승패의 행방은 '검은 날개의 천사'인 아마가사키와
여자 테니스부 에이스인 미후유의 대결에 맡겨졌는데!

비바 청춘! 대반향의 학원 그래피티 세3탄!!

■■

XNR-31-3
(주)학산문화사 발행 / 값5,900원

eXtreme novel

학교를 나가자!
The Laughing Bootleg
3권

타니가와 나가루 지음
아오나 마사오 일러스트
오경화 옮김

eXtreme novel

■■

밀실에서 한 소녀가 연기처럼 사라졌다… 라는 것도,
초능력자들로 꽉꽉 들어차 있어서 불가사의한 일이며
여러 비밀들이 넘쳐나는 제3 EMP의 여자기숙사이기에
가능할 수 있는 사건.
무슨 일이 터져도 이상할 것이 없지만,
그래도 뭔가 벌어진 이상 해결할 필요는 있는 법.
그리하여 이 괴사건의 수수께끼를 풀고자 분연히 나선
우리의 코모지 마이코! 물론 그녀가 그곳에서 보고 들은 것들이
그녀에게 엄청난 악몽이 되어 되돌아오리라는 사실은
짐작도 못한 채….

■■

XNR-30-3
(주)학산문화사 발행 / 값5,900원

⟨싸우는 사서 시리즈⟩

싸우는 사서와
검은 개미의 미궁
3권

야마가타 이시오 지음
마에시마 시게키 일러스트
김용빈 옮김

eXtreme novel

■ ■

죽은 자의 모든 것이 결정으로 바뀐 책이 잠들어 있는,
반트라 도서관 미궁 서고.
그 한 구석에, 예전에는 하뮤츠 메세타와 나란히,
엘리트로서 장래가 촉망되던
개미우니시 무장사서 모기 이기 치박혀 있었다.
어느 날, 모카니아는 무장서고를 점거하고, 무장사서에게 반기를 든다.
그 뒤에는, 신익교단의 앞잡이와 수수께끼로 가득 찬
한 명의 여인이 있는 모양인데….

책을 둘러싼, 아름답고도 허망한 판타지─ 혼신의 3딴!!

■ ■

XNR-32-3
(주)학산문화사 발행 / 값5,900원

안다카의 괴조학
3권

아키라 지음
에나미 카츠미 일러스트
인단비 옮김

학산문화사

eXtreme novel

안다카에서 괴조생물을 소환하는
'괴조학'을 공부하는 스카이 이요리가 다니는 학교에
소꿉친구인 아다마츠리 유우가 전학 왔다.
괴조학을 배우는 기회를 준 그와의 재회를 기뻐하는 이요리였지만
유우는 예전의 상냥한 소년에서
무시무시한 목적과 능력을 가진 마인으로 변모했다!
그의 목적은 괴조학을 멸망시키는 것—
그것은 괴조생물과 인류의 공존을 지향하는 이요리의 꿈을 짓밟는 행위!!
소중한 소꿉친구와의 대결을 피할 수 없는 이요리는
과연 어떤 선택을 할 것인지—?!

XNR-26-3
(주)학산문화사 발행 / 값5,900원

紅
쿠레나이
추악한 축제 (上)
3권

카타야마 켄타로 지음
야마모토 야마토 일러스트
김용빈 옮김

eXtreme novel

신참 해결사인 고교생 쿠레나이 신쿠로.
무라사키와 처음으로 맞는 크리스마스를 앞두고,
긴코에게서 받아든 나쁜 소식.
그것은 신쿠로의 목표인 쥬자와 베니카의 죽음.
그 사실을 믿을 수 없는 신쿠로는 그 진위를 확인하기 위해 움직인다.
그런 가운데 새로운 의뢰인이 나타난다.
세가와 시즈노. 여섯 살. 언니의 행방을 찾아 달라는
그녀의 의뢰를 받아들인 신쿠로는 바로 움직인다.
지켜야만 할 것, 나아가야 할 길,
그리고 살아가는 의미.
신쿠로의 마음이 향하는 방향은….

XNR-28-3
(주)학산문화사 발행 / 값5,900원

〈문학소녀 시리즈〉

'문학소녀'와 더럽혀진 천사

4권

노무라 미즈키 지음
타케오카 미호 일러스트
최고은 옮김

eXtreme novel

문예부 부장, 아마노 토오코. 이야기를 먹어 버릴 정도로 사랑하는
이 '문학소녀'가 갑작스레 서클을 쉬겠다고 선언한다!
그 이유를 듣고 기막혀하면서도 조금 쓸쓸함을 느끼는 코노하.
한편, 음악 교사인 마리야의 부탁으로 코노하와 나나세는 방과 후에
서류정리를 하면서 오랜만에 평화로운 시간들을 보내게 되는데….
그렇게 크리스마스가 다가오는 가운데,
나나세의 가장 친한 친구가 모습을 감춘다.
필사적으로 그녀의 행방을 쫓는 나나세와 코노하.
그런 코노하 앞에 자신과 거울처럼 꼭 닮은
'천사'가 모습을 드러내는데—.

XNR-27-4
(주)학산문화사 발행 / 값5,900원

토라도라 스핀오프!

행복은 벚꽃 색 토네이도

타케미야 유유코 지음

야스 일러스트

김지현 옮김

eXtreme novel

고등학교 1학년, 학생회 서무이자
불행 체질인 토미이에 코우타는
어느 날 만인의 형님이자 학생회장인 스미레의 여동생 사쿠라와 만난다.
코우타는 밝고 귀여운 그녀에게 끌리지만,
사쿠라는 자신의 세시한 매력을 자각하지 못하는 무방비한 천연소녀였다!
중간고사에서 낙제한 그녀의 재시험 공부를 도와주게 된 코우타는,
사쿠라를 앞에 두고 불건전한 망상과
번뇌와의 싸움을 강요받게 되는데―.
행복에 익숙하지 못한 코우타와 천진난만한 사쿠라의
사랑의 행방은 과연 어디로…?!

XNR-33

(주)학산문화사 발행 / 값5,900원

노기자카
하루카의 비밀
7권

이가라시 유사쿠 지음
샤아 일러스트
인단비 옮김

eXtreme novel

용모수려 · 재색겸비, '순백의 별'이라는 별명까지 있는
끝내주는 양가집 규수 노기자카 하루카.
섣달 그믐날부터 새해까지, 그녀와 함께 보냈던 세상에서 제일 긴 하루는…,
너무 많은 일이 일어나서 기억도 애매하지만
두 사람의 비밀이 또 하나 늘어났다는 것만은 확실했다.
그리고 새 학기가 되자 시이나의 제안으로
우리는 친한 급우들과 3박 4일의 온천여행을 떠나게 되었다.
친구들끼리 가는 여행은 처음이라 잔뜩 들뜬 하루카.
유카타를 입은 하루카가 탁구 치는 모습을 보며
넋이 빠져 있던 나는 정신이 드니 어느새 여탕에 있었고,
수증기 너머에서는 귀에 익은 목소리가 울리는데ㅡ!?

XNR-14-7
(주)학산문화사 발행 / 값5,900원

요시나가 씨 댁의 가고일
7권

타구치 센넨도 지음
히무카이 유지 일러스트
김지현 옮김

eXtreme novel

후타바의 친구 리리입니다.
저, 그동안 계속 고민해왔던 것을 수업시간에 질문해 버렸어요.
"괴도가 되려면 어떻게 해야 하나요?!'라는 질문 말이죠.
그랬더니 교실이 엄청 시끄러워지더라고요.
게다가 후타바와 가고일이 실실이 닐뛰머 빈데에시 괜히 회기 더 났어요.
하지만 제 마음은 변하지 않아요!
괴도의 인생에 공감도 가고, 제가 존경하는 사람처럼 되고 싶으니까요.
그러던 중에 백색 아저씨가 실종되어 버렸어요!
저, 결심했어요.
다른 사람에게 보호만 받는 삶은 졸업하겠다고!

XNR-17-7
(주)학산문화사 발행 / 값5,900원

은반
컬라이더스코프 (완결)
신데렐라 프로그램 : Say it ain't so
9권

카이바라 레이 지음
스즈히라 히로 일러스트
현정수 옮김

eXtreme novel

▮▮

생각해보면 참 많은 일들이 있었지.
5년 연속 미스 유니버스 획득, 영원한 미소녀란 칭호도 손에 넣었고,
살아있는 인간의 몸으로서는 처음으로 세계유산등록.
아, 그런 과거의 영광은 일단 접어두고.
자, 드디어 올림픽 본 게임!
리아를 쓰러뜨리고 등에 짊어진 모든 것의 답을 얻기 위해서,
나는 4년에 한 번 열리는 커다란 무대에 임한다.
그 결과는? 나를 기다리고 있는 것은?

숨 돌릴 새도 없이 몰아치는 마지막 권이 드디어 시작된다!

▮▮

XNR-20-9
(주)학산문화사 발행 / 값5,900원

렌탈 마법사

요도의 마법사

11권

산다 마코토 지음

pako 일러스트

김수현 옮김

eXtreme novel

██

〈아스트랄〉 멤버들은 〈아스트랄〉에 대한
〈협회〉의 심의를 받기 위해 영국 런던으로 갔다.
평화로이 런던을 만끽하며 심의 날을 기다리고자 하는 멤버들의
바람과는 달리 거구의 연금술사에 의해 마법사가 살해되는 사건이 발생한다.
그리고 그것이 신호이기라도 한 듯 〈오피온〉이 〈협회〉 본부를 습격하여
최강이라 불리던 마법사들이 차례차례 쓰러져 간다.
미캉의 절대방어도 이국의 땅에서는 발동되지 않고
이츠키도 호나미, 아디리시아와 뿔뿔이 흩어지게 되는데….
과연 〈아스트랄〉의 운명은?! 그리고 드디어
'마법사를 범하는 마법사' 가게자키이 진짜 힘이 발동하는데?!
이국에서 벌어지는 대인기 이종 마법 격투전 제11탄!

██

XNR-8-11

(주)학산문화사 발행 / 값5,900원

마모루 군에게
여신의 축복을!
12권 (완결)

이와타 히로키 지음
사토 토시유키 일러스트
주진언 옮김

eXtreme novel

아야코 선배와 맞이하는 첫 여름방학. 바다에 산에 수영복에,
잔뜩 신이 나야 할 테지만, 어딘지 모르게 불편한 요시무라 마모루입니다.
비아트리스의 집합체 '아드 아스트라' 라는 인물이,
아야코 선배를 '그릇' 으로 삼으려고 노리고 있거든요.
결국 아야코 선배의 비아트리스 감응능력을 급히 봉인하게 되었습니다.
그리고, 드디어 눈앞에 나타난 아드 아스트라.
그 미지의 힘과 모습에 우리도 두려움에 떨고….
그런데, 우리의 생각과는 반대로 그 정체는
평범한 귀여운 여자아이였습니다! 더구나, 왜 나한테 덥썩 안기는 걸까요?!
이 상황은 도대체…?! 아, 아야코 선배도 제발 진정 하세요-!
비아트리스는 기적의 힘이니까, 분명 우리 편일 거라구요!!

비아트리스의 기적을 믿으시나요? 그 궁금증을 풀어줄 감동의 완결편-!!

XNR-12-12
(주)학산문화사 발행 / 값5,900원